脂粉英雄奈何天

紅樓二十四談

阿茶 著

此書獻給可愛的貓咪灰仔

　　阿茶女士《脂粉英雄奈何天——紅樓二十四談》即將付梓，得師妹蔡玄暉博士為介，受命作序，與有榮焉。與《紅樓夢》結緣於幼年，當時我是隨外祖母觀看徐玉蘭、王文娟主演的越劇電影。自此並非飲食枕藉不離此書，然一直抱有極深情感。《紅樓》書中雖多見兒女情事、家族瑣務，我卻認為是一個立體而開放的機制，即使老謀深算、江湖義氣、神怪邪魔……也無所不包，足堪舉一反三。因此數十年來，我對《三國》、《水滸》、《西遊》、《封神》、《鏡花》諸章回小說的興趣一直不及《紅樓》之高。不過，我縱曾於在職碩班、公開講座、電視節目等場合偶以《紅樓》為主題，卻畢竟不是紅學家。出於對現代舊體詩的研究興趣，近年開始關注所謂「詠紅詩」。今年春夏之交，承蒙學界同仁不棄，相邀參加「盛世之後」工作坊，計劃撰寫一篇關於紅學耆宿吳世昌先

生（1908-1986）之《紅樓》題詠的論文。正值此時，玄暉師妹傳來《紅樓二十四談》的書稿，遂不假思索，一口允諾撰序。兩個月以來斷續拜讀，總因庶務猥雜，延宕至今方才得閒提筆，聊陳一二心得於下。若有不熨貼之處，還望阿茶女士及各位讀者多多賜正。

本書共分七章，依次題為〈正照風月鑑〉、〈三春過後諸芳盡〉、〈既憐詠絮才，又嘆停機德〉、〈薄命司內，萬豔同悲〉、〈何處有香丘？〉、〈玉品金心〉、〈無情也動人〉。每章皆以三、四篇為度，合計二十四篇，故云《二十四談》。每篇篇幅達三五千字，因此頗能剖析毫釐。各章標題或逕取自《紅樓》原文，或依原文剪裁而成，讀者一看便能窺知此章內容。如第一章〈正照風月鑑〉，便有〈賈天祥的風月鑑〉、〈王熙鳳弄權鐵檻寺〉；又如第二章〈三春過後諸芳盡〉，則依次談及迎春、探春、惜春的命運。如是皆與章題緊密扣連。不過再以此二章為例，第一章之〈賈母偏心為哪般？〉論及賈赦，乍看與風月寶鑑關係較遠；但仔細玩味，則知整個賈府、乃至整部書、整個世界，又何嘗不在鏡中？萬物自身也好、相互之間也好，何嘗不由鏡像鏡影組成、何嘗不是紅顏—白骨的雙面結合體？再如第二章中，並無專篇談及元春；但在第七章〈無情也動人〉論述寶釵、襲人

後，卻以〈元春省親實為「大夢一場」〉一篇收結。「襲乃釵副」是脂硯齋批語的原話。而薛家全家進京的理由之一，卻是寶釵待選宮中。如此看來，寶釵身上是否也有元春的影子？或者反過來說，元春身上是否也有寶釵「無情也動人」的特徵？發人深思。復如第五章〈何處有香丘〉，章題雖來自黛玉〈葬花吟〉，但章內三篇分別談及妙玉、李紈、晴雯，而不及黛玉自身。綜而觀之，足見作者之篇章設計既基於《紅樓》，卻不囿於表層文本，而是從原書的字裡行間挖掘出深意，向讀者展示出諸多人物千絲萬縷、或顯或隱的關聯。

正因作者心思縝密、筆觸細膩，書中故能新意紛陳。如秦可卿一角，十三回之脂批云：「『秦可卿淫喪天香樓』，作者用史筆也。老朽因有『魂託鳳姐』、『賈家後事』二件，嫡是安富尊榮坐享人能想得到處？其事雖未漏，其言其意則令人悲切感服，姑赦之。因命芹溪刪去。」又云：「此回只十頁。因刪去天香樓一節，少卻四五頁也。」正因曹侯刪去了一大段，導致可卿形象較為模糊。在新紅學開展的這一百年中，或猜度他與公公賈珍的不倫關係，或將她視為寶玉的性啟蒙對象，甚或因為其形象之模糊而對這種「神秘」產生好感，不一而足。本書作者指出：「可

卿雖身陷『濫情』，卻不失真情。可卿有悔，她自然
知道賈府之敗，或早或晚，已非人力所能挽回。一日
落敗，賈府便枉稱一世詩書大族。因此，她托夢於鳳
姐，將賈府之敗、運籌之事委於鳳姐，寄望於這位『脂
粉英雄』能夠急流勇退，為家族尋一方退步抽身、安
身立命之所。可卿說，『盛筵必散』，若能在祖塋處
多置房舍田產，以其所出供應家塾，他日獲罪，此產
不必入官，方可使子弟讀書務農，既可退步安身，又
可使祭祀永繼。」就可卿之本性而論，自然迥異於賈
珍等「皮膚淫濫之蠢物」。因此，她雖在脅迫下捲入
聚麀之漩渦，卻不失純良美善之本心。十三回〈秦可
卿死封龍禁尉〉中，賈珍在兒媳可卿喪禮中存在感十
足，卻完全不見其子賈蓉的蹤影。這當然是曹侯的不
寫之寫。但 87 版電視劇《紅樓夢》中有這樣一幕：
這邊廂賈珍在東府裡說要盡其所有為可卿辦喪事，那
邊廂賈蓉卻於玄真觀中在修道的祖父賈敬面前痛哭，
賈敬只揮揮手，淡淡說了一句：「知道了，去吧！」
這段小情節雖是編導所增，卻頗能得曹侯原意。賈蓉
之「皮膚淫濫」固不減其父賈珍，也深知其妻可卿與
賈珍之間不可告人的關係，卻依然悲慟於可卿之死，
不難發現可卿之好是賈蓉都能感受到的。正因如此，
可卿才有資格在寶玉的綺夢中幻化為仙姑之妹「兼

美」、許配於寶玉，一切就自然而然了。吳世昌〈兼美驚夢〉詩云：

> 仙姑有妹正當年，絕代佳人絕妙緣。
> 不道迷津驚噩夢，芝田洛浦俱茫然。[1]

在我看來，太虛幻境中有迷津，大概與伊甸園中有蛇異曲同工。而本書作者說得好：「紅樓大旨談情，『情』卻具有複雜性和多變性。曹雪芹所談之情，跳脫出話本文學中『情』的教化功能。寶玉在太虛幻境中與『可卿』相悅，始於『悅色』，始於皮膚之淫，柔情繾綣，軟語溫存。然而，繼續沉溺於此，便會墮入迷津，深不見底，無舟楫可渡。因此『情』可謂『淫』的障眼法，『情』可生『淫』，『淫』亦可以生情。『情』與『淫』乃是辯證存在，情難辨真假，淫而無度，卻可墜入迷津。」誠然一語中的。當迷津中的夜叉海鬼要將寶玉拖下去時，寶玉卻失聲喊叫「可卿救我」，豈非火上澆油？黃士強老師曾論析道：「太虛幻境設有迷津，大觀園理應也安置迷津。迷津關係到小說宏旨，而『怡紅總一園之首，是書中大立意』，故迷津便選址在怡紅院裡。」「怡紅院中

---

1 吳世昌：《羅音室學術論著》（北京：社會科學文獻出版社，1998）第四卷《羅音室詩存》，頁942。

發生的迷路阻路、鏡子障眼等情節均隱射了迷津。」[2]
如是觀之，寶玉一日不悟，迷津中的夜叉海鬼就依然
如影隨形——無論在夢中還是現實中。

又如黛玉，本書說她「『真』是知行合一的。她
不以主僕論高下，紫鵑一心為黛玉籌謀，黛玉待紫鵑
也一如姊妹，竟比一起蘇州上京的雪雁更親切。黛玉
更不會在低落時拿丫頭們撒氣」。「《論語》有云，
『不遷怒，不貳過』。熟讀四書的寶釵，必讀此文，
必知此理，卻因寶玉無心之失遷怒他人。平日裡的寶
釵，『大度』、『謙和』，湘雲以為的完人，卻犯了
遷怒之失，只因寶釵心中尊卑有別，為奴者即使被遷
怒、冤屈，亦不能以此為怒。」作者所引《論語》文
字，乃是〈雍也〉篇中孔子評價顏回之語：

> 哀公問：「弟子孰為好學？」孔子對曰：「有
> 顏回者好學，不遷怒，不貳過。不幸短命死矣！
> 今也則亡，未聞好學者也。」[3]

2　黃琪瑩、張桂琼訪談：〈學津指迷：黃士強教授訪談錄〉，《華人文化
研究》第九卷第一期（2021年6月），頁294。參黃士強：〈《紅樓夢》
中的紅字與大觀園裡隱藏的迷津〉，《幼獅文藝》第310卷（1979年10
月），頁78-97。

3　[宋]邢昺疏：《論語注疏》（臺北：藝文印書館據阮元嘉慶二十年（1815）
江西南昌學堂《十三經註疏》重刊本影印，1989年版），頁51。

9

孔子對顏回的欣賞、以及對其早逝的悲痛，是眾所周知的；在一國之君的魯哀公面前推舉故去的顏回，也不難理解。但有趣的是，孔子認為好學的門人只有顏回一人，而好學的證據竟是「不遷怒，不貳過」，這的確有些令人無法想像。實際上，顏回所好之學不僅是書本知識，更是如何做人。遷怒、貳過是我們每人每天都會觸犯的毛病，但顏回犯錯卻能內省諸己，而非「生意不好怪櫃臺」，且再不犯同一錯誤，日臻於至善。這比起那些敝帚自珍、將遷怒貳過文飾成所謂「真性情」者，相去幾何！雖然在不少人看來，儒家式的稱許恐怕未必能令黛玉的形象進一步生色，更或有附贅懸疣之感，但本書作者卻看出了黛玉的這般好處，令人激賞。或云「去聖乃得真孔子」，那麼我們是否也可以說「去狂乃得真寶玉」、「去狷乃得真黛玉」？推求曹侯之心，如此描寫黛玉，大概不止於把黛玉與顏回的早夭相映照吧！

再如本書關於迎春夫婿孫紹祖的析論：「孫紹祖有財而無品，尚在為躋身名門望族『苦苦』鑽營。孫紹祖為了謀求與世家大族結交的機會，可謂不擇手段。賈赦常年不好生為官，花銷卻派頭十足。黛玉進賈府時，賈政齋戒未見，乃是鋪墊政途；賈赦稱病不出，卻是閒散在家。賈赦如此『無為』，麗姬豔婦、

古玩字畫、牌局賭局，樣樣都是靡費的開銷。對賈府而言，賈赦這樣的子孫是敗家的根本，對於孫紹祖而言，賈赦這樣一味享樂的世家公子，卻是難得的機會。而孫紹祖對賈赦的滲透，顯然也是籌謀已久的。」

「以孫紹祖的家資，想要尋一門親事，不是難事。之所以一直未曾娶妻，則是在謀求世族大家的女兒，以求階層躍升，求官謀利。」「孫紹祖時常放言，賈赦欠其白銀五千兩，遂將迎春折賣，充債而已。孫紹祖之惡毒可見一斑。而其中所透露之資訊，足見孫紹祖曾為賈赦花過不少銀兩。賈府財力每況愈下，賈赦卻仍不知收斂。」此論深中肯綮，足見迎春婚事乃是孫紹祖蓄謀已久的結果，絕非賈赦心血來潮的決定。曹侯為何將孫氏稱為「中山狼」呢？東郭先生冒險救出幾被獵殺的中山狼，卻遭到狼的反噬。那麼，孫紹祖又得到哪些恩惠？無疑是賈赦助其「得志」。而所謂「得志」乃是以迎春的婚事為轉捩點，提升了孫家的社會地位。即使賈赦果真欠下孫紹祖五千兩銀子，但這區區五千不僅令孫家門庭煥然，還賺來迎春這般的媳婦，端的是「小往大來」。賈赦雖混帳，於孫紹祖卻有大恩。「金閨花柳質」的迎春成為這樁「小往大來」交易的「貨物」，委實令人扼腕。且迎春之凋殞，殆唯中山狼反噬過程的起點而已。

以上所舉幾例，足見作者之靈心慧眼。此外，一些真知灼見更俯拾即是。如：「賈母曾在女先生說書時『掰謊』，說這些才子佳人的話本，足見不真，恐怕是用來詆毀世家大族的。小姐身邊的嬤嬤都哪兒去了？只遇上一個清俊的書生，父母也忘了，書禮也忘了。賈母掰謊掰得好，打假打得妙。但是細想一下，難道沉浸其中的青年公子小姐信以為實麼？不是的。他們當然知道，故事裡都是騙人的，他們的人生必須遵循舊禮的約束，服從家族的安排。對於這些金尊玉貴的王孫公子、千金小姐而言，真實的活一次，哪怕一天，可能也是他們遙不可及之處。」時至今日，在環境與身心上經歷過一次又一次解放的我們，不還是仍舊要從文藝之虛構中去感知生命之真實？

又如：「許倬雲在《觀世變》當中說，中國文化的五倫是五種對應的人際關係，『有此方有彼方』。一方不符合人倫規範和行為標準，另一方也無須恪守其義務。父慈子才孝，兄友弟先恭。然而，強者凌弱，在所難免。為人子時，賈赦要求母親給予完全平等的『慈愛』，卻忘記了為人子應該盡的本分；在為人父、為人夫時倚強凌弱，邢夫人必得小心恭順，賈璉鳳姐稍有異議，便大發雷霆，以示為父的『威嚴』。」賈璉雖愛偷腥，卻畢竟明白事理。賈雨村構陷石呆子

而奪其家藏古扇、獻給賈赦取媚，賈璉便說：「為這點子小事，弄得人坑家敗業，也不算什麼能為。」結果被賈赦「打了個動不得」。這不由令人想起明太祖朱元璋要賜死功臣李善長，太子朱標大不以為然，勸諫說：「上有堯舜之君，下有堯舜之民。」氣得老朱當場想把這崽子殺掉。賈赦父子畢竟遠不及朱元璋父子，但朱標所言，的確就是許倬雲之論的註腳。

再者，本書更善於觸類旁通，引用多種歷史掌故、文學作品來輔助論說，令人耳目一新。如作者將第五回〈飲仙醪曲演紅樓夢〉與《太平廣記》中的唐明皇遊月宮故事相提並論：「明皇夜半月中去，品仙曲，聞密樂，卻仍參不透世間的真假是非。明皇以天寶盛世為真，八面威風，唐王朝卻已然危機四伏。如同警幻之言：『癡兒竟尚未悟！』馬嵬驛賜死楊太真，並不能挽回李唐王朝走向衰敗的命運。」真可謂獨到之見。又如書中談及妙玉，引用《詩經‧陳風‧衡門》中「豈其食魚，必河之魴？豈其取妻，必齊之姜」的詩句，論道：「姜女貴而未必仁。妙玉以人之世俗貴賤，評判高潔與否，實屬本末倒置。」「妙玉自恃清高，卻將人間煙火，認成污穢醃臢，雖得玉名，不具玉品。『試玉』、『辨材』終須時，妙玉所識之潔，非本性之潔，流於表面。」深得風人之旨。

以上絮叨許久，所涉及的仍不過全書之冰山一隅。書內行文有光風霽月處、有浩蕩淵深處、有玲瓏透剔處、有橫雲斷山處，作為文學篇章來讀，已自佳品。我久溺於論文寫作，筆觸乾澀枯槁、老氣橫秋，拙文竟冠於全書之首，實在有「蒹葭玉樹」之感。茲以七律一首收結，以為獻芹之意：

> 無端開闢記鴻濛，頑石點頭猶是空。
> 鏡影玲瓏分滿月，桂馨窅窱拂清風。
> 三春唯賸傷心碧，一卷偏驚奪目紅。
> 二十四談意未已，尚疑身在赤瑕宮。

陳煒舜
謹識於烏溪沙壹言齋
壬寅中元滿月之夜

給關於《紅樓夢》的書寫序，我是沒有資格的，雖說如此，出於對《紅樓夢》的喜愛，我還是欣然應允，勉為其難了。

我就職於北京故宮博物院，從事皇宮建築室內裝修與裝飾的研究二十餘年，以往對於《紅樓夢》不過泛泛而讀。與《紅樓夢》結緣是很晚的時候。2015年深秋，紐約最美的時節，我應邀去哥倫比亞大學參加「清代戲曲與宮廷文化」國際學術研討會。中央公園層林盡染，童話一般。會議間歇，學者們談起《紅樓夢》，涉及到書中的戲曲、大觀園的陳設、繪畫等。我從旁細聽，《紅樓夢》中有如此多與宮廷相關的內容嗎？

回來後，我仔細閱讀《紅樓夢》，不覺喜出望外，《紅樓夢》裡的居室場景、生活用器都是那樣熟悉，令人不知不覺就把榮寧二府與宮廷內苑混淆起來。正如本書寫到的元春省親，如夢如幻的場景，賈府的尊榮與

衰敗，却是轉瞬之間，讀來頗令人唏噓不已。賈府的衣食住行，處處能在宮廷中找到影子。例如林黛玉初入榮國府，所見的一磚一瓦、居室空間、陳設布置、亭臺樓閣，無一不反映出賈府的「皇家氣度」。於是，我開始做一點《紅樓夢》居室空間的研究，與《紅樓夢》結下了不解之緣，「一朝入夢，終生難醒」。大觀園的繁華盛景，讓人不禁聯想到圓明園的「竹子院」、「牡丹台」、「杏花村館」。怡紅院迷幻的空間，又讓我看到故宮的多寶格、通景綫法美人圖、長春書屋的古玩牆和倦勤齋的插屏鏡門這些充滿「真」「假」視覺幻象的裝飾藝術。我想曹雪芹正是借助虛幻藝術，造就了亦真亦幻的鏡像世界。

《紅樓夢》描寫「鐘鳴鼎食之家」的悲劇，它與宮廷人物的關係引發人們經久不衰的探討。其實，《紅樓夢》中的人間悲喜，確實與宮廷有著千絲萬縷的聯繫。沒有康熙皇帝的信任，就沒有曹家在江南繁華興盛、花團錦簇的生活。而如果沒有雍正皇帝一道諭旨，下令抄了曹雪芹的家，以致曹家一敗塗地，也就沒有曹雪芹的「揚州舊夢」和「燕市悲歌」。我想，沒有這種翻天覆地的變化，賈寶玉似的公子哥兒曹雪芹對社會、對生活就不可能有那樣刻骨銘心的感受，當然也就不會有《紅樓夢》。

阿茶將原著中刻骨銘心的感受，轉化為世事變遷下人物命運背後的剎那永恆。她筆下的大觀園，充滿了人情冷暖與文化哲思。她從「情」與「淫」的辯證角度，闡釋秦可卿故事背後可悲可嘆的女性命運。從「真」與「情」出發，揭示寶黛二人和他們的悲劇宿命，體現了「真」與「假」的終極討論，也寄託了作者對真情難留的無限慨嘆。

《紅樓夢》抄本在宮廷廣為傳閱，據說和珅把《紅樓夢》引薦給乾隆皇帝，乾隆評論「此蓋為明珠家事作也」。永忠、明義、弘旿等皇家宗室人員也都看過《紅樓夢》。慈禧喜愛《紅樓夢》更為人們所熟知，《錦繡圖咏序》、《骨董瑣記》以及《清稗類鈔》都記載了慈禧對紅樓夢的喜愛。這恰恰說明，《紅樓夢》是一部跨越民族與文化背景的偉大作品。

魯迅先生說《紅樓夢》因讀者的眼光而有種種，每個人看《紅樓夢》都能找到共鳴之處。我看到的，是如宮廷般豪華的「天上人間諸景備」的大觀園建築和精雅生活，阿茶則看見了人情冷暖和世事流轉，這就是《紅樓夢》的魅力所在。

故宮長春宮遊廊上，現在仍保存著十八幅清代晚期的巨幅《紅樓夢》壁畫，有「太虛幻境」、「寶釵撲蝶」、「湘雲醉臥」、「踏雪結社」、「怡紅夜宴」、

「雨夜訪黛」等作品，述說著一幕幕動人的紅樓故事，也讓人感嘆這部作品跨越時空的魅力。

　　阿茶曾是一位金融行業從業者，又做過多年知名媒體的財經記者。出於對《紅樓夢》的喜愛，她以所思所感，結合歷史文化，重讀經典，著書立說，難能可貴。時隔兩個多世紀，《紅樓夢》仍為當下的青年所喜愛，甚是欣慰。

故宮博物院 張淑嫻

於故宮南三所，北京
二〇二二年六月

一萬個中國人，對《紅樓夢》就有一萬種解讀。

這部成書時間和內容範圍尚存爭議的小說，任由千帆過盡，始終是中文小說當中最具大眾閱讀基礎的作品。《紅樓夢》所記述的故事，多及兒女情長、貴府瑣事，兼述市井風俗、三教九流。而《紅樓夢》所引發的討論，則涉及政治、文化、社會、民俗等方方面面，吸引了不少大師學者、文學巨擘參與其間。這些討論遠遠超出文學評論的範疇，漸成「紅學」，並產生了多個學術流派。即便放在世界文學史的範圍內來看，這也是十分令人矚目的現象。

我所相識的一些學者，儘管其各自本身的研究領域分別在古建築學、社會學、歷史學，甚至在數學、力學、物理學，卻都對《紅樓夢》懷有濃厚的興趣，有著深厚的閱讀感

情。市井百姓更是無人不知《紅樓夢》，他們有的讀過原著，有的僅僅觀看過電視劇、電影或者戲曲，却對寶黛的命運、釵黛的為人、可卿的身世自有一番見解。

我最初並沒有機會閱讀《紅樓夢》原著。家中的書架上，有一本名字大概叫做《紅樓夢詩詞》的書，年幼時讀過幾遍，基本上可以說是一知半解。2010年左右，我進入媒體領域工作，電子書正當其時，是通勤路上的必備之物。在最初下載的一批圖書中，即有人民文學出版社出版的通行本《紅樓夢》，包括整個一百二十回的內容。一部古典文學作品，令我十分著迷，遂將前八十回讀了五六遍。驚嘆之餘，我開始思考，這部作品的創作背景與我們的時代如此遙遠，却為何能夠一直保持這樣繁茂的生命力？

「百齡影徂，千載心在。」《紅樓夢》顯然具備這種力量。魯迅先生說，《紅樓夢》是一部「人情小說」，恰合第一回空空道人所言：「大旨談情，實錄其事。」既然是大旨談情的人情小說，凡人皆有情，有情則有心，有心就有立場。

在許倬雲先生的《問學記》中，他數度談及情與景。「大約天下事物，不能孤存。凡事經過交相輝映，

序

即能不再枯寂。」既然景中有情，心中有景，即使時空轉換，似水流年，動人之景仍能攝人心魄，入心之情必能千載永駐。

曹雪芹長於富貴溫柔之中，卻歷盡家敗離喪之痛。他將所歷之難，化為白描文字，卻不改其「淡而情真」的本質。那「一把辛酸淚」，自悔不假，這「滿紙荒唐言」，痴情是真。字字讀來，其間所涉之人、之事、之景，令人動容處，不免讓人想起杜甫的名句：「正是江南好風景，落花時節又逢君。」紅樓一夢，亦真亦幻，前朝舊事，今朝新夢，非我所親歷，卻感我心懷。

自互聯網視頻興起後，《紅樓夢》的網絡討論，頗有大鳴大放之態。放眼望之，華夷之辯、亡明之仇，是「解說」紅樓夢的「人氣內容」。文人高士，每作宏文，必有所托，若非如此，似乎不能稱之為偉大作品。如蘇東坡有《賀新郎》「乳燕飛華屋」一首，胡仔發問：東坡「寧為一娼而發耶」？好似「待浮花、浪蕊都盡，伴君幽獨」這樣的句子，必是形容君子之清高，而非女子之痴夢。

玉是精神紅為魂。周汝昌說，談《紅樓夢》，離不開「玉」、「紅」與「情」。《紅樓夢》所托之志，

竟真是「或情或痴、小才微善」之女子於幽微靈秀地，歎無可奈何天。數百年後，我們再讀此書，難道不為其中女子之「幹才」、「志氣」、「識量」、「正直」所觸動？不為人在世間的種種真情、假意、無奈、彷徨、貪婪、落寞所慨嘆？難道這不正是《紅樓夢》經久不衰的魅力之所在麼？

我生於八十年代初，青春時期正值中國高速發展的八九十年代，生機勃勃，意氣風發。回首曾經，四季分明，年有年味，人有人情。我步入工作之後，是中國經濟高歌猛進的十五年，其間風雲變幻，頗有「你方唱罷我登場」的世事流轉，人在其中，更顯渺小虛空，易生無所適從之感。「兩儀既生，惟人參之，性靈所在，是為三才。」沒有人的世界，少了靈性，少了生動。所有的眼前風光，稍後不過衰草枯楊，若是迷戀於此，恐有正照風月鑑之憂。

《紅樓夢》寫盡富貴風流地、風月閨閣事，並不見「潘安子建」、「西子文君」，也沒有濃詞艷賦、傾世之戀，卻將世間人情世故、榮辱興衰、冷暖浮沉表達得生動不乏深沉，殘酷不乏柔情。在成功學仍然流行的今天，若能看懂《紅樓夢》，恐怕會少去不少煩惱。

天下文章，情真則不隔，情深而不詭。見慣世態炎涼，深知人情世故，仍是真情不改，自是無比珍貴。由此觀之，黛玉、湘雲、寶玉皆出一脉。而人言可畏、情淫難辨、才不逢時，又是多少人間的無奈！

我讀紅樓，感觸多於探奇，悟道勝於索隱。古今之大情，大略相同。《紅樓夢》所傳遞的人情態度，都能從上古神話、先秦詩歌、唐詩宋詞、民諺話本中窺得「同頻」之處。發乎真情之作品，都有相似的情懷與感悟，無須巧言點綴，自有其聯通「輝映」之法。沿著這樣的思路，我將所思所感，以風月鑒、人間情、奈何天、真與假等不同主題，將紅樓焦點話題擇出二十四篇，試著與大家一起，讀一讀這部經典。

本書的寫作過程十分曲折，既得到了許多鼓勵，也收穫了不少反對意見。我非常感謝這段艱難的創作經歷，似乎必要歷經磨難，才更能體悟這部作品的心懷。非常感謝紅出版的編輯們多次跟我進行細緻的討論，這些討論既天馬行空，又務實有效，時常讓我靈光一現，對成稿的幫助很大。

書稿完成後，我嘗試邀請香港中文大學的陳煒舜教授和北京故宮博物院的張淑嫻老師作序。令我沒有想到的是，兩位老師在閱讀書稿後，幾乎都是一口應允，並在百忙之中，為本書撰寫了富有情感、專業嚴

謹、生動真誠的序言。我相信，是《紅樓夢》穿越時代的生生不息，讓我們對這部永遠能激起中國人內心深處情感的作品，有著「相視而笑」的共鳴與感應。

從《神話傳說筆記》開始，我陸續閱讀過陳煒舜教授的四本著作，其間透露出的厚重人文歷史功底和融會貫通的奇思妙想，令人折服。張淑嫻老師從《局部的意味》發端，以多部學術著作將紫禁城的建築之美和裝飾藝術探討得淋漓盡致。梁思成先生在《圖像中國建築史》中曾說，中國的建築與中國的文明一樣古老，可以說一語中的。張老師的著作，讓我更深入地體會到文明的空間與時間、剎那與永恒。

構想封面設計的過程中，我不由得想起多年之前收藏的一幅李明先生的畫作，名為《藍色的夢》。那氤氳之氣、縹緲之思、慈悲之心皆在畫中，令我一見傾心。非常感謝李明先生此次授權畫作作為本書的封面主圖。

我還要特別感謝何利萍女士。我與何女士相識多年，她在設計工作中不斷尋求突破，又十分嚴謹認真。此次為本書創作的二十餘幅插畫，人物惟妙惟肖，場景質樸典雅，將我們的思緒又帶回到紅樓一夢當中。

感謝在本書寫作和出版過程中，給予我幫助的雷勇先生、蔡玄暉女士、邢亞妮女士等朋友。

感謝紅出版負責此書的編輯繆穎女士，在疫情艱難的時光裡，為此書的創作思路、封面設計、稿件校對都付出了辛勤的努力。

本書所涉內容繁多，難免有不到之處，如有錯漏，歡迎朋友們指正。

最後感謝我的家人和我的小猫咪。在這段寫作的時間裡，聽我絮絮叨叨，看我魔魔怔怔，陪伴始終，方有此書。

阿茶

於吐露港

二〇二二年八月

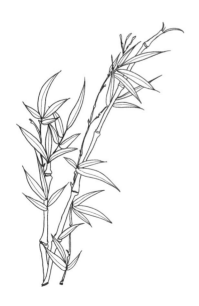

第一章　正照風月鑒

賈天祥的風月鑑

好知青冢骷髏骨，就是紅樓掩面人。

賈雨村言，賈氏自東漢起，支派繁盛。近百年則以榮寧二府最為得意。榮寧二公身負戰功，子孫皆有蔭封。榮國公賈源一脈，至文字輩，代善長子賈赦襲官；次子賈政自幼讀書進學，擬以科甲出身，卻因父臨終上表，收穫主事頭銜、入部習學的恩賞。寧國公賈演一脈，至文字輩，代化長子賈敷早亡，次子賈敬襲爵，亦是進士出身，卻迷戀丹道，官爵竟讓兒子賈珍承襲了去。賈政對賈氏宗族子弟的教育十分看重，聘請族老賈代儒為家塾老師，教導子弟。寶玉等皆在家塾進學。

賈瑞，字天祥，代儒之孫，父母早亡，跟隨祖父母生活。賈代儒以家風嚴謹著稱，賈瑞卻不思進取，學業無成，更兼行為猥瑣，貪婪不公，毫無廉恥。

「痴心父母古來多，孝順兒孫誰見了？」《好了歌》所言非虛。

賈瑞醜態畢露之前，已經在賈氏家塾裡惡名遠播了。代儒年邁，賈瑞自擔任學堂監督。賈府親族甚多，有如寶似玉的，亦有家境清貧的。賈瑞是個「圖便宜

沒行止」的，在學堂內以公報私，勒索子弟，攀附豪強，行事不公。代儒良苦用心，終付諸東流。

「黑髮不知勤學早，白首方悔讀書遲。」對子弟進學的殷切期望，歷來如此，代儒也不例外。賈代儒不曾想到，自己的滿心熱切和規矩家法，卻管教出一個寡廉鮮恥的子孫來。

賈代儒對賈瑞可以說是嚴加管教，卻不得其法。賈瑞二十來歲，尚未娶妻，正是血氣方剛的年紀。代儒一心只願賈瑞於學業上進益，是個不問情由，只要不合規矩必要鞭笞棒打的守舊讀書人。

賈瑞見鳳姐起淫心，初次調戲，自以為得手，反被鳳姐誆騙。寒冬臘月，穿堂一夜，賈瑞幾乎不曾凍死。這樣光景回家，代儒以「自來出門，非稟我不敢擅出」為由，不給飯吃，罰跪在冷風裡，要賈瑞補出十天功課方罷。至於賈瑞為何如此狼狽歸家，在外如何行事，代儒一概不問。

紅樓大旨談情，情為性靈之人所生。人之所以為人，皆因有情。周汝昌說：「情，人之靈性的精華也。」代儒迂腐，自以為嚴屬約束，不近人情，就可保賈瑞不行差踏錯一步。代儒一老學究，不過以為賈瑞在外吃酒賭錢，何曾想到賈瑞竟生出如此心思？然而，賈代儒縱然年邁，也是歷盡一生人情，倘或不受制於道

學的桎梏，又如何不知賈瑞這樣年紀人的心思？

儒學並非無「情」，所謂「飲食男女，人之大慾」，以「禮」約束和規範人的行為，並非漠視「人欲」的存在。賈瑞年過二十，家教嚴苛，尚未娶親，思慕年輕女郎，實屬正常。代儒素以大儒居於賈府義學，非禮勿言。他從不與賈瑞好臉色，動輒家法伺候。代儒言行，絕非孤例。賈政也是板起面孔為父的典型。聞知寶玉調戲母婢、結交優伶，不問情由，下死力鞭笞寶玉。即便是寶玉吟詠展才，賈政也必要人前斥責，方顯嚴父本色。

代儒夫婦的管教，使得賈瑞幾乎接觸不到女性，更無體己錢可用。代儒任職賈府義學，收入有限，便更以寒窗苦讀激勵孫兒。有宋以來，科舉不僅成為寒門向上躍遷的唯一渠道，所獲得的榮光和利益更讓天下讀書人趨之若鶩。

古時勸學的詞句尤多，「寒夜讀書忘卻眠，錦衾香燼爐無煙」，「讀書不覺已春深，一寸光陰一寸金」，「十年寒窗無人問，一舉成名天下知」。雖是如此，大部分讀書人苦讀十數年，卻未必能一舉而中，為官做宰，前途光明。

賈瑞被鳳姐教訓一次，尚不知已入迷途。警幻有言，富貴溫柔的盡頭，有迷津萬丈，深不見底，無舟

楫可渡。鳳姐毒設相思局，脂批有言，鳳姐之毒何如是？終是瑞之自失也。跛足道人眼看賈瑞迷途難返，與了他一面鏡子，天天看時，此命可保，只不可正照。賈瑞只看了一眼正面，便沉迷其間，不能自拔。

癩頭僧人亦曾對甄士隱說，其女甄英蓮（真應憐）「有命無運」，並曾有預言：「好防佳節元宵後，便是煙消火滅時。」士隱不以為意，誰知上元佳節，禍起燈會。

真言逆耳。

跛足道人之寶鏡兩面皆可照人，鏡把上鏨著「風月寶鑒」四字。以反面照之，可抑邪思妄動，切不可照寶鑒的正面。賈瑞看時，反面照人，乃是可怖骷髏；正面照人，則是婉轉美人。那溫柔富貴是假，白骨森森是真，貪欲一起，便會認假為真，墮入迷津。

賈天祥的風月鑒，正照反照，內有真假。反照為真，人皆不信。正照是假，人皆從之。

賈政曾問李貴，寶玉讀書如何？李貴回答：「哥兒已經念到第三本《詩經》，什麼呦呦鹿鳴，荷葉浮萍。」滿座清客都大笑起來。賈政便撐不住笑了，隨即又板起臉來，要李貴對代儒傳話，《詩經》、古文等虛應文章一概不用，只把《四書》講明背熟最要緊。

《詩經》是所有偉大詩人靈感之源泉。「在心為志，發言為詩。」其談情，真摯熱烈；其言苦，感同身受。《文心雕龍》稱，《國風》好色而不淫，《小雅》怨誹而不亂。

「靜女其姝，俟我於城隅。愛而不見，搔首踟躕。」這樣的詩句，老學究們認為，最易蕩漾年輕男子的心。人欲尚存，年輕人就會被這樣的詩句所打動，實屬人之常情。所謂「人稟七情，應物斯感。感物吟志，莫非自然」。

不僅如此，詩賦的考核，在有宋一代的科舉考試當中便起起伏伏，漸落下風。經義與詩賦之爭，分分合合，爭執不休。詩賦無用，策論為先，漸成氣候。熙寧年間，對經義的推崇達到頂峰。哲宗元年，恢復詩賦課程，科舉也恢復了詩賦考試。哲宗親政後，又恢復熙寧年間以經義為主的考核方式，一直持續到北宋晚期。這一重大轉變，深深影響了明清的科舉制度，八股取士，漸成主流。

《詩》不僅見人情，更見歷史。「興之托喻，婉而成章，稱名也小，取類也大。」比興手法，刺國君之失，言興衰之道。周既亡，諸侯建邦，孔丘編《春秋》。《文心雕龍》稱，夫子閔王道之缺，傷斯文之墜，於是「就太師以正《雅》、《頌》，因魯史以修

《春秋》。」《詩經》、《春秋》互為映襯，讀《詩
經》與《春秋》，為詩為賦，以古鑒今。

宋初之時，國子監課程以《詩》、《書》、《易》、
《禮記》和《春秋》為主，熙寧變法期間，王安石以
《春秋》三傳皆不可靠為由，廢《春秋》而以《周禮》
代之。梁庚堯說，王安石未曾禁止學史，但影響所及，
士人多不讀史書。

詩文雖是賈政所說的「虛應故事」，卻體現人的
品質與情操，反映人對歷史的理解與態度。

賈政並非真正迂腐。中秋夜宴，政老爺的笑話，
頗具閨房之色。男人懼內，為老婆舔腳，作嘔卻不敢
嫌奶奶的腳酸，惹得賈母與眾人大笑，獨賈璉和寶玉
不敢笑。而賈政與清客們談及「林四娘」的傳說，也
不免動容，言談之間，恐怕也想起年少時的庭前之
志、浪漫之心。

眼前不見塵沙起，將軍俏影紅燈裏；
叱吒時聞口舌香，霜矛雪劍嬌難舉。

賈寶玉的《姽嫿詞》，對林四娘的描寫何等生
動，將姽嫿將軍的風姿表現得淋漓盡致，更將平生對
女性的關懷躍然紙上。寶玉經歷了「勇」晴雯的生離
死別，看到滿目瘡痍的怡紅院，讀過「輦前才人帶弓

箭，白馬嚼嚙黃金勒。明眸皓齒今何在？血污遊魂歸不得」，才能寫出如此真情。

而賈政也好、代儒也罷，深知科第之艱，更知應試之道。若不能嚴而又嚴，恐子孫荒廢學業、貽誤功名。

賈雨村如此兩面三刀之人，為何能成為賈府的座上賓？他亂判馮淵的人命官司，以同宗晚生自謙，三五不時向賈府獻好。雨村為討好賈赦，將石呆子構陷入獄，只為賈赦圖謀的幾把古扇。如果說這一層尚屬市井不堪，雨村以其「談吐韜略」，竟然深得賈政賞識，時常過府作客。賈政甚至要求寶玉與雨村多多晤談，能從其間習得經濟世故、人情練達。

寶玉如何看待雨村？厭煩至極。賈璉因未能討得古扇，鄙視雨村之伎倆，直言為此要人家破人亡，不算什麼能為。連平兒亦罵雨村，認識了不到幾年，生出多少事來。眾人皆知雨村為人狡詐狠辣，做事不擇手段，為何賈政這樣飽讀聖賢書的世家子弟，反倒引以為友呢？只因雨村所言，皆觸動賈政愛子心切、望子成龍的心結。賈政也好、代儒也罷，以科舉中第為綱，自然以子弟「進取」為樂，以兒孫「旁騖」為憂，當然會以雨村之諂言為真了。

儒家之「孝」與「忠」，立於「慈」與「仁」之

上，「天命靡常，惟德是依」，無德不仁之君父，自無忠孝之子民。脫離人性的教化，難逃虛偽的命運。賈政為求寶玉走「正道」、考功名，嚴父為綱，不通人情，甚至聽信諂言，認賊為友。代儒為求賈瑞上進，命其監督學堂，發奮讀書，不念人情，不問緣由，只知鞭笞罰跪，命其誦讀經典。

賈天祥的風月鑒，照出的不只是色心貪欲，更是人情之真和教化之假。賈瑞正照風月鑒而亡，代儒尚不知賈瑞何以至此，更不知反思己過。痛心疾首的賈代儒，命人燒了這風月寶鑒，稱之為妖鏡，若不毀此鏡，遺害於世不小。風月寶鑒何辜？它不過是告訴世人，何為真，何為假，世人偏要以假為真，反認寶鏡為妖鏡。

百般憂念百般難，一度書來一度寬，經年間阻經年盼。

利名途禍患端，做閒官只守閒官。

常記三緘，常懷一寸丹。怕人情翻覆波瀾。

楊廷和閒居故里時，給兒子們寫出的這封信，才是飽經官場凶險後，對兒子的真切教誨。賈政、代儒若早悟此理，恐怕也無須強撐正經、望子成龍了。

脂粉英雄奈何天——紅樓二十四談

王熙鳳弄權鐵檻寺

翻手作雲覆手雨，紛紛輕薄何須數。

君不見管鮑貧時交，此道今人棄如土。

——杜甫《貧交行》

王熙鳳是個見識頗廣的女性，上至迎接御駕，下至放貸典當，世事人情，躲不過鳳姐的眼睛。鳳姐從小玩笑間便能殺伐決斷，「談笑間，檣櫓灰飛煙滅」，脂粉英雄，所評甚公。

元春省親之前，賈府的「裡子」尚未盡上來，省親之後，籌備賈母壽宴，鳳姐不得不與鴛鴦聯手，典當壽星的收藏，東挪西湊，為求遮羞。元春省親這件事，秦可卿曾託夢鳳姐，英雄惜英雄般地警示過，烈火烹油，不過曇花一現。

王熙鳳曾在夢中問可卿，榮華富貴如何保全？可卿苦笑「嬸子好痴」，榮辱自古周而復始，豈是人力能可保常的？鳳姐在夢中猶嘆可卿所慮極是，雲板四叩，大夢方醒，鳳姐便將可卿的忠告拋到了九霄雲外。

「造釁開端實在寧」，賈珍與可卿的「淫」是賈府家敗的冰山一角。可卿深知，賈氏子孫揮霍金銀，

喪德敗行。大廈將傾，情理之中。賈府自封侯以來，赫赫揚揚，已近百載，文字輩接手以來，運籌者無一，反倒是裙釵豪傑，擔心慮後，然而末世之象，豈是人力所能強求？可卿認定鳳姐是脂粉中的英雄，然而縱有「強於百萬之師」的三寸之舌，鳳姐卻敗在了逞才之上。

賈珍、賈赦的荒淫靡費顯而易見，王熙鳳的逞才顯能卻十分隱蔽。以昔日王府之尊，為海中龍王請得來白玉床，為邦國使節設得下芙蓉宴。鳳姐小名兒鳳哥兒，自幼假充男兒教養，素喜攬事，胸中自有百千計，口中常有萬千言。

賈珍如何鋪張可卿葬禮呢？一是抬來了壞了事的義忠親王沒用上的壽材，二是為賈蓉買了龍禁尉的名號。賈珍尤嫌不足，又為可卿喪儀找來了鳳姐，便再無一個不妥了。賈珍肯求王、邢兩位夫人，要鳳姐過東府理事，鳳姐心中大動，雙目出神。此時，她已經完完全全忘記可卿夢中所托，不僅將本該低調的喪禮辦得風光鋪張，還惹出了新的官司。

可卿出殯的當日，王熙鳳便急匆匆地在鐵檻寺「弄權」了。風景正好，何必瞻前顧後。

「翻手作雲覆手雨，紛紛輕薄何須數。」可卿喪禮，似賈府的百年輝煌之喪禮。王府、高官、顯貴，

弔唁、路祭，只往來貴族親眷，就須專人迎來送往。然名利之交、權勢之交，翻雲覆雨，一日樂極生悲，樹倒猢猻散，不過浮雲而已。

可卿有預言：「三春去後諸芳盡，各自須尋各自門。」脂批稱，不見全文，只此二句，令人墮淚。悲詩書大族之興衰，嘆凡夫俗子之迷惘。四下雲板，驚醒了夢中的鳳姐，卻未驚醒現實中的鳳姐。東府內務，荒疏已久，人口混雜、事物專責、濫支冒領、苦樂不均、家人豪縱，舊族五病，無一遺漏。

鳳姐之才，賈府翹楚。如果說珍蓉之輩對賈府的破壞是顯而易見的，那麼鳳姐這樣的脂粉英雄似乎是賈府命運的「拯救者」。沒有鳳姐的周旋盤算，「機關算盡」，龐大開支、人情往來、年節壽禮，賈府必早早後手不接。然而，「凡鳥偏從末世來」，賈府頹勢已定，非鳳姐運籌可以轉圜。

> 世人都曉神仙好，惟有功名忘不了！
> 古今將相今何在？荒冢一堆草沒了。
> 世人都曉神仙好，只有金銀忘不了！
> 終朝只恨聚無多，及到多時眼閉了。

《好了歌》將人間之貪婪、迷惘、掙扎、無奈描摹得淋漓盡致。何為「世人都道神仙好」？因為神仙

擁有「永生」的權利，能夠更大限度完成凡人的慾望。然而，神仙之永生定要有更大的代價。無論是佛教所求的精神解脫，或是道教所求的精神肉體雙解脫，位列仙班，身外之物定是要拋棄得乾乾淨淨。

又是什麼忘不了呢？是金銀珠寶、嬌妻美妾、孝子賢孫？還是世間的功名利祿、情慾貪念？

山有漆，隰有栗。

子有酒食，何不日鼓瑟？

且以喜樂，且以永日。

宛其死矣，他人入室。

這首出自《詩經·唐風》的《山有樞》有言，守財奴何嘗是無錢少閒？只不過貪戀世間的美酒佳餚、香車寶馬、高樓大廈。然而人生無常，一命嗚呼，不過都是替他人做了嫁衣裳。

秦可卿出殯，賈珍風光在前，鳳姐風光在後。這位脂粉英雄，先於東府立威，又在佛寺弄權。鐵檻寺，本是陰陽兩宅齊備、專為京中老了人預備下的。鳳姐卻帶了寶玉和秦鐘單獨下榻在饅頭庵，只因後輩子孫窮富不一，鐵檻寺內人多眼雜，鳳姐不悅。以賈府第一裙釵之尊，鳳姐常謂與凡俗媳婦有雲泥之別，所謂天下之人，「我不笑話就罷了」。

此安靜之所卻並不「安靜」。伺候鳳姐等下榻的老尼，正是常年混跡於京中各富貴人家的靜虛。靜虛與賈府素有往來，愛徒智能兒常伴惜春左右，靜虛八面玲瓏、左右逢源，儼然一位社交名媛。

與古董商冷子興一樣，靜虛最瞭解京裡各家的實際情況。冷子興都知道賈府日漸蕭索，靜虛師徒常在賈府走動，自然知道賈府之困。

靜虛是揣摩人心的高手，三言兩語，就把鳳姐的好勝弄權之心挑撥了起來。不過三千兩銀子，不過一個人情，為了佐證賈府「確實有這點子能為」，就葬送了一雙璧人的姻緣性命。鳳姐明言，不圖三千兩小利。倘或不圖，以鳳姐之才幹，何以聽不出張家之事的虛實呢？

靜虛明知賈府空虛，三萬兩現銀，不過鳳姐逞能之言；鳳姐明知事有不妥，為名為利，一拍即合。張家明知女兒與守備之子兩心相悅，為圖名利，攀附權貴，以致女兒命喪黃泉。無論是台前的弄權，還是背後的故事，都是欲壑難填、追名逐利。

鳳姐喜奉承，尤喜奉承其才幹。秦可卿喪儀期間，璉二奶奶夙興夜寐，不辭勞苦，盡情展才的同時，也有逞才之嫌。王熙鳳坐享張家的三千兩，王夫人一概不知。此後鳳姐更愈發大膽，放貸收利、權錢交易，

不在話下。

鳳姐曾受到賈瑞的騷擾調戲，賈瑞被鳳姐屢次戲弄，卻不知悔改。賈瑞病中，曾有一跛足道人，以「風月寶鑒」相贈。賈天祥不聽勸阻，以假為真，以真亂假，最終送命。風月寶鑒，照的不只一個賈天祥，還有天下眾人。

可卿曾在夢中苦勸，眼下的榮華富貴，難以永繼。烈火烹油，難敵盛筵必散的結局。鳳姐自視頗高，才幹了得，看得見風月鑒正面的繁盛，卻看不見風月鑒背面的淒涼。曾經滿床笏的榮寧二府，難逃衰草枯楊的落魄景象。

呂洞賓，被後世讀書人尊為呂祖，求取功名，必拜呂祖。殊不知，這竟是一場大謬。一個盼金榜高中、榮華富貴的書生，因借了呂祖枕頭休息，而做了一個美夢——金榜題名。醒來時發覺黃粱未熟，身在異鄉，乃是大夢一場。這便是「黃粱一夢」的故事。後世讀書人，反以呂祖為保佑功名的神仙，實是本末倒置。究其緣由，無非是呂祖之枕，能夢到登科及第，縱然好夢易散，好物易碎，握在手中片刻，也是好的。這一風俗，看似謬傳，自有其理，正如風月寶鑒有正反兩面，正照風月鑒，乃是美麗表象背後的深淵。

「縱有千年鐵門檻，終須一個土饅頭。」富貴與

生死一樣，非人力所能左右。從風月鑑的正面看，鳳姐弄權在象徵著家族權力的鐵檻寺，而透過風月鑑的背面，鳳姐也好，賈府也好，都不可避免地要走向現實中的「土饅頭。」

　　鳳姐所有周全榮華的努力都失敗了，自己也落得「哭向金陵事更哀」的結局。值得尋味的是，鳳姐曾對劉姥姥的幾分照顧，卻能夠「留餘慶」，給巧姐一份家敗人散後的平淡生活。

珠

脂粉英雄奈何天——紅樓二十四談

賈母偏心為哪般？

亦有兄弟，不可以據。

薄言往愬，逢彼之怒。

——《詩經·邶風·柏舟》

七十六回，中秋賞月，擊鼓傳花，花在手中者，罰酒一杯、笑話兒一個。眾人為博賈母一笑，先後讓花停在賈政和賈赦兩個兒子手中。賈政講了一個懼內的段子，卻應景團圓節，賈母滿意。輪到賈赦，說出的笑話兒卻令賈母沉吟半晌。

賈赦的段子是：一孝順兒子，為母延醫請藥，最後找到一個針灸的婆子，斷為心火，一針就好。兒子生疑，說：「心見鐵即死，如何針得？」婆子回答：「不用針心，只針肋條就是了。你不知天下父母心偏得多呢！」賈母聽後，吃了半盞酒，自嘲道：「我也得這婆子針一針就好了。」

賈赦縱然霸道，也越不過一個「孝」字。何以在中秋家宴之上造次呢？

賈政在講笑話兒時，只兩人不敢大笑，一是寶玉，一是賈璉。赦政兩兄弟，兒子面前，都是定要板起來臉充嚴父的。賈璉懼怕賈赦尤甚。賈赦求娶鴛

鴛不得，曾經在家裡指罵鴛鴦，說她「自古嫦娥愛少年」，必是想跟少爺們，「多半是看上了寶玉，只怕也有賈璉」。隨後不久，因賈璉不願使手段奪取石呆子的湘妃竹扇，賈赦湊了幾件事兒，尋著由頭把賈璉打得動彈不得。

賈璉、迎春皆軟弱。賈璉不喜讀書，不過捐了個同知。他做事荒疏，貪戀美色，行事猶豫，凡有禍殃，給錢了事。迎春為人怯懦，乳母奶嫂，登堂入室，誤嫁中山狼，毀了終身。兒女如此，為父如何？賈赦為長不尊，為父不仁，年過花甲，姬妾成群，所愛之物，必要奪之。這樣為人父、為人子者，卻對賈母不滿已久。

在賈赦看來，天下作父母的，如何方算是不偏心呢？賈母既指了襲人、晴雯與寶玉，自己是賈母的長子、榮國公的後嗣，鴛鴦不過丫頭，既然向母親開了口，哪有不允的道理？探春既可陪南安太妃宴樂，迎春也須得一視同仁。別的姑娘的乳母皆無事，獨迎春乳母「沒臉」，如何使得？萬事都要比照賈政那邊的例，才算不偏心。

豈似凡人但慈母，能令孝子作忠臣。

蘇軾輓胡宗愈母親周氏的詩句，清楚地說明了，

慈母之愛子，則為之計深遠。母親愛子，不僅是關心愛護，更應言傳身教，讓子女忠君明理，立一番事業。詩書舊族，盡皆如此。賈母身為史侯千金，自然更知道這番道理。

賈母論及賈赦，每每擔憂，賈赦既不保養身體，也不好生做官，玩物喪志。「左一個小老婆右一個小老婆」，誤人青春。賈母之憂，乃是天下為母者之憂，賈赦卻因此十分不滿，認為母親偏疼幼子，置長子於不顧。

元春亦曾對賈政言及寶玉的教育。元妃頗具遠慮的說道：「千萬好生撫養，不嚴不能成器，過嚴恐生不虞，且致父母之憂。」可見「裙釵一二可齊家」，賢德妃未出閣時，便教導幼弟，寶玉不僅文墨在胸，還頗有靈氣。元春的擔心，亦有其道理。

亦有兄弟，不可以據。
薄言往愬，逢彼之怒。

出自《詩經·邶風·柏舟》的這句詩可見，自古父母難過公平這一關，兄弟難處，心有不平，同胞骨肉，無以傾訴。為長遠計，賈母自然是寄望於賈氏子弟，希望他們勤學上進，好生為官，方能家業興旺，延綿富貴。賈政雖中規中矩，然自幼喜讀書，深得祖

父欣賞，後勤勉為官、低調謙和，算得上是文字輩的表率，自然更得母親喜愛。

賈母對子女之標準，並不甚高，但賈赦卻不以為然。賈赦心中，為父母者該當如何呢？在他看來，世族大家之父母，應該讓子女安富尊榮，無須比「那起寒酸」，到了做官的時候，也跑不了一個官的。倘或有了心愛之物、心愛之人，能賞則賞，豈有為女婢下人而令子孫不能得償所願的？

中秋節前，甄府被抄，「繡春囊」引發的「抄檢」陰雲未散。寶釵搬出大觀園，司棋、晴雯、芳官等被逐，大觀園裡鶯飛燕散，並無半點歡愉氣氛。王夫人胸無城府，下人不過三言兩語，便倉促行事。兒媳不具才幹，孫媳孤兒寡母，賈母心中，多不自在，雖有鳳姐分憂，仍難保家宅清淨。賈母為人，眼明心亮，王夫人雖三遮兩掩，卻瞞不過賈母。正在此多事之秋，賈赦和邢夫人愚頑不靈，仍是爭名逐利、以公報私、耀武揚威。

歷史上最著名的兄弟鬩牆，應是鄭莊公和共叔段。母親武姜偏心幼弟共叔段，莊公總有怨懟，故有意縱容共叔段。共叔段自以為時機成熟，與武姜合謀起兵，莊公出手，一擊即中。武姜被莊公送往城潁，雖然得勝，莊公怒氣不減：「不及黃泉，無相見也。」

莊公自悔，為君上者，言既已出，如何收回？莊公不得已，於城潁修築地道，與母親相見。

> 大隧之中，其樂也融融。（莊公唱）
> 大隧之外，其樂也洩洩。（武姜和）
>
> ——《大隧歌》

武姜與莊公的故事結局已不重要，父母處理不當，往往易使兄弟反目。武姜為母，偏心幼子，不知長子，釀成手足相殘、母子反目的慘劇。賈母比武姜高明。她深知賈赦為人，是個心胸狹窄、睚眥必報的，因此，祭祖、覲見、拜客、家宴，賈母仍給足賈赦這位長子的面子。賈赦揮霍成性，賈母雖惱，卻屢屢貼補。方才平息賈赦強娶鴛鴦的怒氣，賈母便願意拿出「八千一萬」，買個妙齡女子，遂了賈赦的心意。

娘們一處時，賈母方才流露私意。賈母不與賈赦居於一處，分府別院。嬌客遠道而來，賈母設宴，王夫人、李紈、鳳姐皆在側，晚飯獨不見邢夫人。家常用飯，賈赦處送來的菜色不討喜，賈母身邊人便命放遠些。

賈赦卻不知足。榮府長子，本是襲官之人，卻不得居於正室，每每想起，怨憤不已。太夫人尚在，居於何處，不過賈母心意，落在賈赦眼中，卻認為賈政

夫婦鳩佔鵲巢，實是賈母「偏心」所致。賈赦卻從不曾想，自己為人如何？賈赦為子，家業荒廢、嬌妾成群、揮霍無度。賈赦為父，對兒子說一不二，稍有違拗，非打即罵；對女兒毫不關心，逼嫁惡夫，斷送女兒性命。上令父母生憂，下令子孫汗顏。

少壯幾時奈老何，向來哀樂何其多。

賈母垂垂老矣，縱然耳聰目明，也難敵歲月風霜。清虛觀打醮，神前拈戲，卻是《白蛇記》、《滿床笏》、《南柯記》。庚辰批言：「清虛觀賈母、鳳姐原意大適意、大快樂，偏寫出多少不適意事來，此亦天然至情至理必有之事。」「享福人福深還禱福」，面對賈府日漸衰落，賈母已知天意難違。

賈赦所居庭院，正房、廂房、遊廊，悉皆小巧別致，不似那邊的軒峻壯麗，院中隨處之樹木山石皆好，只是隔斷了院牆，與賈母分府別居。黛玉初到賈府，晚飯時分，賈珠之妻李氏捧飯，熙鳳安箸，王夫人進羹。賈母正面榻上獨坐，兩旁四張空椅，卻不曾少了二姑娘迎春。黛玉喪母，忍痛別父進京都，母舅府上，姬妾眾多，盛裝麗服。賈赦推辭不見，邢夫人苦留晚飯，大舅府上景況，在黛玉眼中活靈活現。

許倬雲在《觀世變》當中說，中國文化的五倫是

五種對應的人際關係,「有此方有彼方」。一方不符合人倫規範和行為標準,另一方也無須恪守其義務。父慈子才孝,兄友弟先恭。然而,強者凌弱,在所難免。為人子時,賈赦要求母親給予完全平等的「慈愛」,卻忘記了為人子應該盡的本分;在為人父、為人夫時倚強凌弱,邢夫人必得小心恭順,賈璉鳳姐稍有異議,便大發雷霆,以示為父的「威嚴」。

求娶鴛鴦,其行為已十分荒淫下作,將老母親氣得渾身亂戰。「我這裡有錢,叫他只管一萬八千的買去,就這個丫頭不能。」賈母年邁,仍要為留住貼心的鴛鴦,為兒子墊補。倘或不念及母子之情,只一句不介即可。

賈母對賈赦的期待只是,好生做官,為人子略盡孝心,為人父行為端方。莫說詩書大族,就是寒門清流,此等要求,也是不高的。然而賈赦卻難以達到母親的最低期待。

不僅如此,賈赦小人做派,睚眥必報。對於求娶鴛鴦不得一事,賈赦耿耿於懷,揚言鴛鴦逃不出他的手掌心。不少學者認為,賈母去世後,鴛鴦被賈赦逼殺。強娶母婢不成,竟挾私報復,其不義不孝之程度,難以想象。

對於親生女兒迎春,僅是花銷了中山狼孫紹祖數

千兩白銀，賈赦便置母親與胞弟的反對於不顧，將女兒聘嫁與人。女兒婚後橫遭暴力，乳母丫鬟皆不忍，數次尋機相告。迎春回府求援，賈赦竟熟視無睹，邢夫人亦不以為然。王夫人與鳳姐雖心痛憐惜，亦無可奈何。紫菱洲一別，竟是永訣！迎春花樣年紀，一載光陰，便斷送了性命。

在那場尷尬的中秋家宴上，寧府以賈珍為首尋歡無度，脂批稱其「問柳尋花，賈氏宗風，其墜地矣」。榮府則以鳳姐陪嫁項圈暫壓的二百兩強撐長房門面。賈母壽宴方罷，賈璉鳳姐便求鴛鴦拿出賈母私房先補虧空。氣數已盡，內裡虛空，賈氏已經走向衰落。賈赦代表的鬚眉濁物們仍不知懸崖勒馬，還在算計賈母的錢財，以「偏心」為名，行乖張之舉。縱是脂粉裙釵們「才自精明志自高」，也難挽大廈將傾。

賈母幾番勸說申斥，賈赦卻始終沒有浪子回頭，為五千兩白銀，葬送迎春的終身。賈母、賈政明知不妥，仍不敢深勸，眼看苦命的迎春「一載赴黃粱」。為人子、為人兄如此，哪裡還是「偏心」二字能夠遮掩的呢？

下 — 第一章　正照風月鑒

第一章　正照風月鑒

第一章　正照風月鑒

57

第二章

三春過後諸芳盡

迎春何以誤嫁中山狼？

三歲為婦，靡室勞矣。夙興夜寐，靡有朝矣。
言既遂矣，至於暴矣。兄弟不知，咥其笑矣。
靜言思之，躬自悼矣。

——《詩經‧衛風‧氓》

賈迎春的命運，無疑是賈府三春裡最為淒慘的一個。「金閨花柳質，一載赴黃粱。」一個花樣年華的少女，出嫁一年，被喜新厭舊、貪婪暴虐的丈夫家暴致死，其間所忍受的非人對待更是聞者悲慟。

女性的悲慘遭遇，古已有之。《詩經‧衛風》當中有一首著名的《氓》，女子嫁給丈夫三載光陰，不辭勞苦，夙興夜寐。得到的卻是「言既遂矣，至於暴矣」的命運。這位女子躬身自悼，卻還曾擁有一段婚後的美好時光，只是昔日「言笑晏晏，信誓旦旦」的丈夫，如今變得冷漠暴力。

迎春甫一出嫁，便遭到了非人的虐待。不過「略勸幾句」，丈夫便言語侮辱，以致拳腳相向。榮國府長房的千金，回府探親時，華服之下，盡是傷疤。明理如王夫人，潑辣如王熙鳳，面對此情此景，不過陪淚咒罵，亦無可如何。

迎春的親事，是她的親生父親賈赦定下的。她的養母邢夫人一心順從賈赦，又貪財慳吝，迎春既非親生，不過賈赦與前人所養，便不再過問。賈母、賈政皆以為婚事不妥。賈母因鴛鴦一事不願與賈赦再起齟齬，只說「知道了」三字，余下不提。賈政勸了幾次，賈赦哪裡肯聽。這門親事，已成定局。賈赦平日裡不好生做官，府中多是華麗姬妾，甚至索要母婢不成，鬧得闔家不寧。以賈赦之荒淫，此等行為尚可解釋得通，然而，為迎春擇婿一事，卻實在讓人匪夷所思。

　　賈赦是榮國府長男，父親故去後，是賈赦承襲了官位。如沒有皇帝憐憫代善臨終所上之本，眷顧賈政，賈政本應以科第入仕。正是因為長幼有序，賈赦雖按例讀書，卻大可不必寒窗苦讀，懸梁刺股，通過異常激烈的科舉考試來為官做宰。賈政雖有祖父的眷顧、母親的「偏愛」，但賈赦卻有長子的身份和祖蔭的庇護，如果賈赦學以致用，安心為官，榮國府正房所居之人，恐怕是賈赦一房。

　　賈赦性情卻頗有幾分偏執。他曾對賈環、賈蘭等後輩表示，賈氏子孫無須需與「那起寒酸」相較，「定要『雪窗螢火』，一日蟾宮折桂，方得揚眉吐氣」。讀書習文的目的，無非是比人「略明白些」，做官時是跑不了一個官的。賈赦「言出必行」，襲官卻不好

生為官，為兄卻不作出表率，終日以享樂為志，洋洋自得。

五代的戰火將前朝貴族幾乎消除殆盡，兩宋以來，官戶、士人成為社會的一股重要力量。家族培養子弟讀書，出仕之後，家庭就成為官戶，享有不少特權。有蔭之家，子弟還能夠享有官戶的地位。

早在兩宋，官戶以其特權擾官、擾民的情況就已經頻繁發生，在地方上被稱為「豪橫」。這些官戶動輒置喙官府的判決，與平民發生糾紛時，更是享有「特殊待遇」。因此，賈赦所說的寒門子弟，只能通過進士及第方可以改變階層的情況，是真實存在的。勸學文、勸學詩的大量存在，都證明了學成為官能夠獲得不菲的回報。

賈氏宗族以軍功獲封爵位，子孫或承襲官位，或額外恩賞，或捐銀封官，比之普通官戶的待遇，更是有過之而無不及。這一現象在《紅樓夢》裡有生動的描述，門子給賈雨村進獻的「護官符」就說明了這種現象。「豐年好大雪」的薛家，薛蟠毆傷人命，不過賠錢了事。

以此推演，賈赦這樣重視門第、宗族的世家子弟，為獨女迎春擇婿，理應門當戶對。即便不是世家門楣，也須得是詩禮之族，才堪良配。然而，賈赦為

迎春選取的「東床嬌婿」孫紹祖是什麼人？通過賈政的敘述，我們知道，孫紹祖現任指揮一職，祖上出身不高，因其祖父有「不能了結之事」，遂拜在賈府門下。既非故舊至交，亦非詩書之家。孫紹祖現只一人在京，體格魁梧，弓馬嫻熟，家資饒富，在兵部候缺題升。

從這些精簡的描述中，我們不難看出，孫紹祖有財而無品，尚在為躋身名門望族「苦苦」鑽營。孫紹祖為了謀求與世家大族結交的機會，可謂不擇手段。賈赦常年不好生為官，花銷卻派頭十足。黛玉進賈府時，賈政齋戒未見，乃是鋪墊政途；賈赦稱病不出，卻是閒散仕家。賈赦如此「無為」，麗姬艷婦、古玩字畫、牌局賭局，樣樣都是靡費的開銷。對賈府而言，賈赦這樣的子孫是敗家的根本，對於孫紹祖而言，賈赦這樣一味享樂的世家公子，卻是難得的機會。而孫紹祖對賈赦的滲透，顯然也是籌謀已久的。

孫紹祖的年齡是「未滿三十」。世家子弟的人生軌跡該當如何？參考賈珠，十四歲進學，後娶妻生子，不到二十竟一病而亡。以孫紹祖的家資，想要尋一門親事，不是難事。之所以一直未曾娶妻，則是在謀求世族大家的女兒，以求階層躍升，求官謀利。

賈赦為什麼會對孫紹祖如此青睞呢？賈赦和賈

政，對於孫紹祖的來歷、為人，得到的信息是完全一樣的，判斷卻截然不同。賈政認為這門親事做不得，賈母也明確反對，但賈赦「見是世交子侄，且人品家當都相稱合」，對這門親事十分滿意，賈政勸了數次，賈赦仍然堅持。

這裡提到了「家當」這個比較明確的條件，與迎春回娘家時奶母之說法有所映照。孫紹祖時常放言，賈赦欠其白銀五千兩，遂將迎春折賣，充債而已。孫紹祖之惡毒可見一斑。而其中所透露之信息，足見孫紹祖曾為賈赦花過不少銀兩。賈府財力每況愈下，賈赦卻仍不知收斂。這些「額外」花銷，恐怕並非祖產田莊能夠應付的。

孫紹祖為求結交世家，便是在此類事情上墊付銀兩，伺機別圖，既便宜，又不顯山露水。以中山狼的算盤，娶妻之事，不過加官進爵之捷徑。為求世家垂青，自然出手闊綽，甚至於急功近利。曾經的孫紹祖，恐怕也是在火候正好時，吐露心腸，不成想竟與賈赦不謀而合。彼時孫紹祖對迎春帶來的「好處」恐怕十分期待，得手後卻發覺，賈府不過朽門蠹戶，迎春又謙默溫和，非機變權謀之人，難有他圖，便心生不滿，拳腳相向了。

迎春自幼喪母，幸得賈母與王夫人垂憐，過了幾

天「清淨日子」。因為賈母的關愛，迎春得以與探春、惜春姐妹們一處，吃穿用度也是一樣。賈赦對此毫不在意，反倒認為賈母偏愛賈政與王夫人，自然偏疼寶玉、探春、鳳姐一干人，迎春總是「似有如無」，不免心生憤懣。

賈政酷愛讀書，深得祖父鍾愛，又因額外的蔭封領了主事銜。賈政勤勉，日日應卯，不曾懈怠。而賈赦雖為長子，承襲蔭封，卻不好生做官，酒色財氣，揮霍無度。賈母與賈政一家一處，賈赦卻是別院而居。因此，賈赦與邢夫人十分敏感，稍有不順，賈赦抱怨賈母偏心，邢夫人則不是尋鳳姐的不是，就是找王夫人的晦氣。

賈璉身為迎春兄長，不敢違拗荒淫的父親和愚頑的母親。賈赦斥白銀五百兩，命賈璉向愛扇如命的石呆子索買古扇，石呆子不肯，賈璉無法，只得回來覆命。賈赦不以為然，他想要的人也好，物也罷，如何能跑得出自己的手掌心呢？不過以為賈璉搪塞。得知此事的賈雨村，賣弄手段以向賈府獻好。竟以石呆子拖欠官銀為由，抄沒家產，向賈赦奉上古扇。賈赦不以為恥，反罵賈璉無能，賈璉猶心存不忍，為這點東西，害人家破人亡，又算何種能為。賈赦便尋了幾處不是，便以父之名給了賈璉一頓毒打。

邢夫人亦十分愚頑。賈赦求娶鴛鴦，鳳姐不過照實回話，卻引得邢夫人一番訓斥。邢夫人見事不明，只知鴛鴦不過丫頭，哪只鴛鴦是賈母的貼身總管，更是半個軍師。鳳姐只得虛與委蛇，撇清干系，邢夫人觸了礁，仍不知何故，只怨賈母偏心。

賈赦和邢夫人的為人，賈璉和鳳姐都避之不及，賈府眾人自然不敢沾惹賈赦的家事。鴛鴦抗婚，王夫人未置一詞，反受牽連。對迎春的婚事，縱有不合意處，自不願出一言。迎春在這樣的家庭氛圍裡長大，形成了軟弱沉默的性格。文采風流的探春寫了拜貼給寶玉，恰逢賈芸的白海棠送到，便邀了一社。姐妹們都有了雅號，迎春則推辭不會作詩，何必白白起個號呢？因為迎春住在紫菱洲，李紈便起了菱洲給她。

元春歸省，迎春應製成詩：

園成景備特精奇，奉命羞題額曠怡。
誰信世間有此境，游來寧不暢神思？

中規中矩的官樣文章，應製應景，既無文采，又羞羞怯怯。脂批言，三春之中，唯有探春還略有作意，故而後來起詩社時，探春更多文采巧思。邢夫人曾不無刻薄地指責迎春，與探春同為庶出，而迎春生母的人才修養都在趙姨娘之上，迎春反不及探春一半。

迎春自幼與探春、惜春一處，讀書識字，針黹女紅，自然不應落於人後。她樣貌標致，腮凝新荔、鼻膩鵝脂，也十足是世家小姐的氣質。然而，迎春性格溫柔有禮，謙和沉默，哪怕是關乎性命的大事，她也不敢爭取。司棋獲罪後，百般央求，迎春終未能替司棋發一言。倘或司棋尚在，以其剛烈忠誠，迎春是否還能有一線生機呢？

迎春的貴重首飾被奶嫂拿去典當，為奶母賭錢之用。一日事發，奶母被賈母處置，奶嫂竟以說情作為贖回累金鳳的條件，逼迫迎春。小丫頭繡橘尚為迎春鳴不平，而當探春等人進屋時，迎春手裡拿的是一本什麼書呢？《太上感應篇》。

《太上感應篇》是清代著名的「善書」代表。許倬雲說，儒家的倫理理念，加上佛教的果報觀念，以及道教的宇宙觀、生命理論，融合成一套中國人的人生觀和宗教觀，形成了一些以善書作為傳播途徑的民間宗教或者宗派。這類宗教基本上是勸善為主，與結合了祆教或者摩尼教的宗派不同，後者往往發展成對清廷統治有影響的宗教，而前者更多是給身處心靈苦難中的人一種解脫。

王夫人說，嫁給孫紹祖是迎春的命。迎春說：「我不信我的命這麼不好。」勸善行善，迎春自然相信因

果報應，然而現實無情，迎春沒有因為溫柔沉默、良善本分而獲得父母的垂憐，婚後的生活更是暗無天日。金尊玉貴的榮國府長房獨女，在生活的磋磨下，心力交瘁。

迎春是賈母的親孫女，倘或如探春般略通世故，懂得自處，很有可能獲得賈母的重視。賈母本是為家族傾盡心血之人，念及迎春、惜春上無母親依傍、下無兄弟姊妹作伴，接在身邊撫養照顧，一處讀書識字。黛玉來時，三春皆是一樣的釵環裙襖，比之探春的顧盼神飛，迎春更敦厚溫和。

迎春在孫家受盡屈辱，先有迎春的奶娘回復告知，又有寶玉探望後深覺不妥，再有迎春回府時字字血淚的哭訴。而王夫人卻不願為此事再起波瀾，迎春求訴無門，不過在紫菱洲小住數日，便再入孫家的牢坑。倘或迎春不似如此懦弱，自往賈母處請安，見此情狀，賈母不會置之不理。

賈母之精明，見事之通透，非一般貴族婦人可比。她對於孫子女的婚事並不是毫無打算。迎春過於隱忍，老祖母對這位最年長的孫女，竟然並未對其婚配有所籌謀。賈赦為迎春議婚，出於種種考慮，賈母只能以「知道了」三字作罷。

迎春是賈赦與姨娘所生，出身不高，親娘早逝，在舊時的閨閣小姐中處於弱勢。湘雲命苦，襁褓之間，父母俱亡。她才情出眾，見識不凡，得到了賈母的賞識和關懷，不僅時常過府小住，談婚論嫁時，賈母也會為其謀劃打算。即使如鴛鴦這般，身為丫頭，面對命運，也可頑強相抗。

如果迎春在賈母與眾人面前矢志「不嫁」，哪怕一輩子在府裡不出閣，都不嫁給孫紹祖這個中山狼，賈母可能便有了更加充分的理由，為她爭取哪怕是一年或者兩年的時間。

孫紹祖的目的是結交世家，平步青雲。他處心積慮，尋找世家子弟當中的紈絝之輩，許以錢財美色，借以登堂入室。受惠於孫紹祖的人，定然遠非賈赦一人。如果迎春有了祖母為她爭取的一兩年時間，也許孫紹祖便會急不可耐，尋找機會去攀附其他的高門顯貴了。

迎春悲苦的命運最終無法改寫，她溫柔沉默、善良友愛、知書達理。無論如何，她不該淪為孫紹祖攀附豪門的工具，更不該被如此虐待。她從小沒有得到父母之愛，在花樣年紀，被父親嫁給「得志猖狂」的中山狼，葬送了自己的性命與青春。

池塘一夜秋風冷，吹散芰荷紅玉影。

蓼花菱葉不勝悲，重露繁霜壓纖梗。

不聞永晝敲棋聲，燕泥點點污棋枰。

古人惜別憐朋友，況我今當手足情！

　　賈寶玉聞知迎春要出嫁，路過紫菱洲，寫下這首淒婉的詩。可以說是一語成讖，預示著迎春未來的命運。

探春縱有凌雲志

群山萬壑赴荊門，生長明妃尚有村。

一去紫台連朔漠，獨留青冢向黃昏。

畫圖省識春風面，環佩空歸月夜魂。

千載琵琶作胡語，分明怨恨曲中論。

——杜甫《詠懷古蹟其三》

　　探春譚名「玫瑰花」，是帶刺的嬌艷。論及真正的「勇士」，賈府當中探春當屬第一。她是為賈府命運擔憂的的思考者，也是試圖復興家族的實踐者。然而賈府氣象，已近末世，探春在大觀園內意圖除弊立新，如何能挽回大廈將傾的命運？探春才志為三春之冠，卻被迫遠嫁，落得「從今分兩地，各自保平安」的結局。

　　削肩細腰，長挑身材，鴨蛋臉兒，俊眼修眉，顧盼神飛，文采精華，見之忘俗。文采是曹雪芹對女子的獨特褒獎，周汝昌說，即便是最守舊禮的李宮裁，也會寫「文采風流抱復回」。與「溫柔沉默」和「形容尚小」的迎春、惜春相比，探春無疑是賈家女兒中的翹楚。

　　探春不留心於閨閣兒女的小情小意，而是有著更

高的追求。周汝昌說，雪芹獨具隻眼，認識到女子們的才貌品德，探春所具備的正是「志氣」。正如她與趙姨娘分辯時說的那樣：但凡我是個男子，我早出去了，立一番事業，自有我一番道理。探春志向遠大，而心如明鏡，在這樣一個時代，女兒的命運往往由出身決定。「庶出」是壓在探春身上的最大枷鎖，她縱有凌雲之志，極盡所能地試圖擺脫命運的安排，卻始終未能如願。

與所有紅樓夢中人一樣，探春亦有其「痴念」，她試圖向賈府眾人表白，三姑娘雖為庶出，然女兒之身，男兒之志，識大體、懂進退、有權謀、善機變，不輸任何嫡出子女。似乎不若此，便不得賈母、王夫人青眼，便被眾人輕看了去，便成了姨娘養的不成器的庶子庶女。

以探春自身的見地、才華，又何來嫡庶之分？協理家務期間，鳳姐盛讚探春「好個三姑娘」，若是哪家有眼光，不論嫡庶娶了去，倒是造化了。探春豈不知此理？她卻存了這樣的「痴念」，若是表現不凡，便能得王夫人垂愛，便不枉此才此志了。探春多次因趙姨娘深感蒙羞，正如她恨鐵不成鋼般對趙姨娘所說：「太太滿心裡疼我，因姨娘每每生事，幾次寒心。」

探春絕對是一個聰明通透的姑娘。她素喜闊朗，蓼風軒內三間屋子不曾隔斷，花梨案、紫檀架，名人法帖、筆海寶硯，汝窯花囊晶菊簇，官窯瓷盤佛手黃。鳳姐抱病期間，她與李紈、寶釵協理大觀園，膽識過人，頭腦清晰，處事果決。刁奴以趙姨娘之弟趙國柱發喪一事為難探春，豈料這位閨閣小姐不讓鬚眉，依例行事，絕無偏差。

賈赦求娶鴛鴦，賈母震怒，遷怒於王夫人。一時無法化解，李紈只帶眾姐妹出去，而探春思慮片刻，折返回來。探春知道，這時正是用女兒的時候，王夫人的親女已入宮為妃，唯有庶女能夠進言。不過三兩句話，不傷面子，不傷和氣，讓原本凝固的氣氛豁然開朗。賈母曾在劉姥姥入大觀園時，誇三姑娘好，自然是指探春明理懂事。

探春既慧且勇。閨閣小姐如惜春，只有躲是非的，豈有尋是非的？何況事涉大伯，凡人皆會避嫌。探春則對賈母說道：「也有大伯子要收屋裡的人，小嬸如何知道？」既明白地傳達了意思，又未指摘賈母的不是。王夫人自是寬慰。

「才自精明志自高，生於末世運偏消」是對探春處境的最好詮釋。「末世」，是紅樓夢勾勒出的賈府基調。冷子興演說榮國府時，就已經把外表蒼翠氳

氳、內裡蕭索衰敗的景象呈現了出來。對於整個家族而言，揚揚百載的賈府已經到了傾頹之際。

王熙鳳的判詞裡也明指「末世」之秋，然相較於鳳姐，探春不僅生於末世，更兼命運不濟。鳳姐究竟是脂粉堆裡的英雄，自然認為英雄不論出處，縱然如此，世家娶親，卻多有為庶出而不要的。探春兼具才貌，卻對庶出身份無可奈何。

探春既有如此志向，性情無疑是爭強好勝的，她胸懷理想，不甘人下。倘有刁奴放肆，三丫頭絕不姑息。老嬤嬤王善保家的一心邀功，以為探春不過庶出，便可欺凌，結實挨了三姑娘一巴掌。

探春的住處是秋爽齋，詩社的號是「蕉下客」，此號因秋爽齋多芭蕉而得名。芭蕉是古代文人雅士的愛物，居處往往植有芭蕉。因芭蕉夏日茂盛、秋日易被風折斷，更象徵人的高潔和孤獨。

芭蕉葉上三更雨，人生只合隨他去。便不到天涯，天涯也是家。

秋風多，雨相和，簾外芭蕉三兩窠。夜長人奈何？

芭蕉清高，夏日為人帶來清涼，卻在秋風蕭瑟下不得不孤獨面對離別。探春為「蕉下客」，自然免不

了獨對風雨的命運。「一帆風雨路三千，把骨肉家園齊拋閃」，探春的紅樓曲是《分骨肉》，正對此意。

探春是高潔的蕉下客，卻有兩位十分市儈的親人，親生母親趙姨娘和胞弟賈環。以王夫人為嫡母，處處謹慎侍奉的探春，時常被趙姨娘、賈環母子弄得十分難堪。探春只恨自己不是個男子，出去立一番事業，便自有一方天地。身為女子，探春只能依靠嫡母的疼顧。

趙姨娘與賈環是市井俗人，好搬弄是非、爭風吃醋。賈環形容猥瑣、寡情刻薄，每每在丫鬟處受了排擠，便編排出寶玉的種種「不肖」，伺機向賈政進讒言。紫鵑所說的「那起混帳行子」，湘雲所說的「那屋裡人多心壞」，皆是指趙姨娘、賈環一干人。因為賈環一句話，盛怒之下的賈政險些要了寶玉性命。賈環種種所為，少不了趙姨娘言語挑唆。

探春對王夫人並非假意討好，她對王夫人和趙姨娘的感情，看似矛盾，實則無奈。王夫人自然曉得探春之慧，卻無法容下趙姨娘、賈環母子的所作所為。探春明知親疏有別，卻始終對王夫人的慈愛和關照抱有痴念。如此爽利聰慧的探春，可以興利除弊、殺伐決斷，豈會不知王夫人的心意？

幽微靈秀地，無可奈何天。

探春也有自己無可奈何，就是她永遠無法改變的出身。脂批有言，「探」乃「嘆」也，探春有志有為，詩才風流，處事治家，敏智過人。庶出之女，不同於男子。賈環若有心向學，少些市儈精明，自有其一番作為。但聰敏如探春，卻不得已面對受制於人的命運，不得不讓人心生嘆息。

王夫人自有嫡子嫡女，平日裡頗受趙姨娘等讒言之害，自然疏遠。王夫人曾對襲人說，以前不過「將你與老姨娘一體行事」，足見對趙姨娘等積怨頗深。探春的一片真心，一股癡念，自然如落紅逐水自飄零。

大觀園的詩社，源自探春給寶玉的一封拜帖。她在給寶玉的帖子裡寫道：今因伏幾憑床處默之時，忽思歷來古人中，處名攻利奪之場，猶置一些山滴水[4]之區，遠招近揖，投轄攀轅，務結二三同志，盤桓於其中，或豎詞壇，或開吟社：雖一時之偶興，遂成千古之佳談。寶玉見之，直呼倒是三妹妹「高雅」。探春不僅高雅，更有傲氣，她說：「孰謂蓮社之雄才，獨許鬚眉；直以東山之雅會，讓余脂粉。」

---

4 「些山滴水」一詞，學術界解釋頗多，尚無定論。

探春行事果決，大有不讓鬚眉之氣。趙姨娘、賈環斥其無情，所謂「只顧討太太的疼，就把我們忘了」。李紈、平兒等亦勸慰探春，何苦如此丁是丁、卯是卯；連鳳姐亦說，可裁度著給趙姨娘家些體面恩賞。探春言語間卻不饒人，在趙國基的喪葬費用上堅持舊例、不徇私情，更將對庶出身份的反感宣之於口。

　　深究其情，探春果真「無情」麼？孰親孰疏，探春自可分辨。趙姨娘與賈環的「有情」，是市儈的徇私，探春的才幹，在二人的眼中，是取利的籌碼。這是市井的人情，與探春眼中的「情」毫不相干。探春無疑是有見識的，王夫人著探春幫著理家，原是因為李紈「尚德不尚才」。以探春之意，秉公持家令人敬重，方不枉王夫人這份「看重」。以趙姨娘的想頭，多得銀子便是「有臉」，倘或連襲人都不如，便是「沒臉」。探春與親生母親雞同鴨講，又觸動了「庶出」這一心病，才有了一段看似無情的「表白」。

　　探春的判詞有雲：「清明涕送江邊望，千里東風一夢遙」。探春遠嫁，不得不與親人生離。此時的探春，縱有凌雲之志，已無來日可期。所思所想，只有至親骨肉。杜甫詩雲：「海內風塵諸弟隔，天涯涕淚一身遙。」無可奈何之際，風雲變幻之時，所念者無

非「親情」而已。

「一去紫台連朔漠，獨留青冢向黃昏。」昭君出塞，亦是獨自面對未來的孤寂。兩行清淚，化作萬頃湖水。

探春的志向與付出，皆隨東風而逝去，其痴意痴念，煙消雲散，隻身遠赴，悲從中來。趙姨娘和賈環可能也免不了傷感，三姑娘一去，賈府之大，誰能為自己「撐腰」呢？

菊花詩會上，探春選了題目「簪菊」。簪花暗合文人雅士、新科進士的舊俗。點題一般點出探春的志氣，不讓鬚眉。

瓶供籬栽日日忙，折來休認鏡中妝。
長安公子因花癖，彭澤先生是酒狂。
短鬢冷沾三徑露，葛巾香染九秋霜。
高情不入時人眼，拍手憑他笑路旁。

探春在詩中引用杜牧、陶淵明、杜甫的典故，頗有一種《將進酒》的豪爽，又自有一番「此身飲罷無歸處，獨立蒼茫自詠詩」的無奈。

勘破三春惜芳華

　　日暮天地冷，雨霽山河清。

　　長風從西來，草木凝秋聲。

　　已感歲倏忽，復傷物凋零。

　　孰能不慘悽，天時牽人晴。

　　借問空門子，何法易修行？

　　使我忘得心，不教煩惱生。

　　　　　——白居易《客路感秋，寄明准上人》

　　惜春是賈敬幼女，賈敬襲祖蔭、登科第，卻醉心丹道，寧府爵位與家事，一並交與兒子賈珍。寧府自此成了賈珍的天下，「把寧國府竟翻了過來，也沒有敢來管他的」。縱得寧府上無賢主，下有刁僕，祖宗基業揮霍殆盡，人倫禮法不知何物。惜春年幼，不過一個年輕閨閣女兒，兄嫂侄兒的所作所為，兩府裡的閒言碎語，惜春怎能不擔驚慮後？

　　勘破三春景不長，緇衣頓改昔年妝。

　　可憐繡戶侯門女，獨臥青燈古佛旁。

　　緇黃者，僧道也。惜春在賈府家敗後遁入佛門，青燈古佛，了此殘生。周瑞家最喜歡討巧，可巧薛

姨媽帶來宮中的新鮮花樣十二支，便依著薛姨媽的吩咐，送與姑娘奶奶們戴。那時惜春便喜歡與智能兒玩鬧，戲言若是剪了頭髮做了姑子，花兒可往哪裡戴呢？

花朵總是被用來形容青春少女，惜春與黛玉初見時，形容尚小。「娉娉褭褭十三餘，豆蔻梢頭二月初。」惜春的年紀，尚在含苞待放之間，人未衰老花猶紅，惜春卻早想了此塵緣。

惜春遁入空門之後，是否就能撇清出塵世間的所有牽掛糾纏呢？答案正在惜春的紅樓曲當中。《虛花悟》有言：「似這般，生關死劫誰能躲？」惜春曾只求「保得住我就夠了」，而賈府傾覆，惜春遁入空門，佛寺卻未必清淨。

佛教入華時間尚無定論，一說是漢武通西域時傳入中國。佛教早期在中國無甚地位，魏晉時期，天下大亂，戰火不斷，北方百姓苦不堪言，佛教傳播甚廣，成為不少人心靈上的寄託。藏傳佛教最終將滿蒙思想上統一起來，成為草原民族的精神盟約，是皇太極獲得天下的重要思想基礎。

佛教的特質在於「無偶像崇拜」，以無常、往生、輪回解釋世界。因此，惜春在與尤氏爭執時，說：「狀元榜眼難道就沒有糊塗的不成？可知他們也有不能了

悟的。」正對尤氏所說的狀元才子。

狀元才子原是世俗偶像，宋仁宗尊儒，封孔子後人為衍聖公；佛教以文殊為智慧化身，稱為文殊孺童，此後為求在東土傳教，牽強儒學，稱孔子為「孺童菩薩」。皇太極以文殊轉世自許，則是為了順應儒教傳統，便於文化整合。既然孔子及其後人都可為偶像，佛教在中國也可儒化，為佛學傳播和政治服務，僧俗未必涇渭分明，原是惜春尚未悟道。

惜春如果常與智能兒一處，自然知道靜虛師太何許人也。智能曾說，那饅頭庵不過是個「牢坑」。靜虛身在清淨地，卻是應酬俗世名利、擾人姻緣、害人性命的掮客。妙玉能得櫳翠庵修行，不過是出身官宦世家，又好個模樣兒。

南北朝之際，北方戰火連天，百姓求渡。因佛寺免稅、免繇役，積累了大量的財富，甚至成為財富融通和輔助統治的重要力量。梁庚堯研究指出，典當業就起源於南北朝的佛寺。民間借貸、高利取息、存留資本、救困濟貧，佛寺在中國歷史上介入世俗層面的深度可想而知。有唐以來，寺院更是經營商業，上層沙彌往來王宮貴冑之間，成為了一支重要的社會力量。

宋明以降，政府更加強了對佛寺的管理，使得

佛寺等級明確，管理森嚴，王宮勳貴獲賜的寺院無須繳稅，而普通寺院也承擔起社會稅負的角色。足見世俗政權對佛教機構的一步步滲透，連佛門之地都分出三六九等，勳貴之寺，高人一等。就此來看，何以能有惜春嚮往的一方純粹淨土呢？

惜春在大觀園裡住在蓼風軒，蓼花是深秋寒冬的花，慣生於水邊，頗有秋怨離愁、漂泊無依之意。「八月悲風九月霜，蓼花紅淡葦條黃。」「日暮不堪還上馬，蓼花風起路悠悠。」元春省親時，將「蓼汀花漵」中的「蓼汀」拿掉，不願作悲而已。

元妃省親時，惜春寫下一首應制詩：

山水橫拖千裡外，樓台高起五雲中。
園修日月光輝裏，景奪文章造化功。

惜春生長於賈氏寧府，為賈珍胞妹。惜春所在的寧府是什麼樣的環境？賈珍居長，尤氏是長嫂，出身不高，年歲又長，惜春與尤氏無話可談；尤氏婆媳常被賈珍支使辦事，俗務纏身。尤氏姐妹來時，每每與珍蓉父子取樂，可卿在時，又與家公有嫌疑，寧府的下人時常議論主子。鳳姐攜了寶玉來寧府作客，焦大醉酒，竟將寧府隱秘宣之於口，一時場面非常難堪。賈敬與道士胡羼，沉迷丹道之術，一心只求早日飛

升。寧府為賈敬操辦的壽宴，壽星寧可偏居道觀，也不回家略享天倫。

惜春能與姐妹伴在一處，是賈母對她的一種愛護。迎春、惜春自幼與探春一道，在榮府裡讀書識字，得賈母、王夫人與寡嫂李紈照應。惜春自幼孤傲，幼時與智能簪花，長大後與妙玉對弈。探春感嘆，賈府的姑娘，再傲不過惜春的。

抄檢大觀園時，入畫處查出「賊贓」，惜春又驚又懼，銀錢尚且可恕，男人鞋襪斷不能容。入畫跪求四姑娘，念著舊情，饒恕一回。惜春冷言道：「或打，或殺，或賣，我一概不管。」尤氏只當惜春年紀尚小，亂了方寸。一番交鋒，才知道惜春「心冷口冷」，能寒人心。

惜春當真「了悟」？從表面上看是的。《好了歌》裡所言的父母、兒女、金銀，惜春都能捨棄。父母之恩，惜春無福得享，兄弟姊妹之情，惜春可以斷絕，身外之物，惜春早已不屑一顧。在惜春看來，無情便是乾淨，乾淨才能了悟。

北天竺王子釋迦牟尼為推崇眾生平等之說，為消弭世間的種種不公平，對根深蒂固的種姓制度發出最大的挑戰。其出發點絕不可謂無情，若無情，何以對種姓制度下的所謂「卑劣之軀」給予同情，又何以對

不平事發出吶喊呢？若無情，何以降王子之尊貴，為萬民找尋心靈出路呢？佛法起於大情。

惜春以為自己勘破世事，須滅人情而自清潔，一入佛門而萬事皆了，既是對佛法初心的誤解，又是對俗世中佛寺院的高估。劉姥姥曾經說，惜春這麼小的年紀，好個模樣兒，又會畫畫兒，怕是神仙托生。賈母心內開懷，命惜春畫了這「諸景皆備」的園子景來。大觀園曾是惜春逃離寧府的一方淨土，儘管不善工筆人物，又不知樓台比例，還是告了半年的假，想畫出這沁潤群芳的大觀園來。

「山外橫拖千里外，樓台高起五雲中。」惜春的應制詩充滿了想象，這「千里外」、「五雲中」，何嘗不是惜春只恨自身不能生雙翼，獨自飛往天涯海角。

劉長卿送別僧人靈澈時有詩云：「孤雲將野鶴，豈向人間住。莫買沃洲山，時人已知處。」劉長卿調侃似的對靈澈說，你這樣的閒雲野鶴一般的高人，豈有再去世人皆知的沃洲山的道理？還不再尋一方清淨之地呢！世間雖大，尋一方心靈淨土不易，也未必須向檻外而求。

《虛花悟》唱道：

將那三春看破，桃紅柳綠待如何？把這韶華打滅，覓那清淡天和。說什麼，天上天桃盛，雲中杏蕊多？到頭來，誰見把秋捱過？則看那，白楊村裡人嗚咽，青楓林下鬼吟哦。更兼著，連天衰草遮墳墓。這的是，昨貧今富人勞碌，春榮秋謝花折磨。似這般，生關死劫誰能躲？聞說道，西方寶樹喚婆娑，上結著長生果。

白楊蕭蕭、青楓鬼吟，惜春並沒有因為悟道披緇而躲過一劫。黛玉也曾昂首問天：「天盡頭，何處有香丘？」絳珠薄命，兒時尚有父母疼愛，都中亦有外祖母憐惜。惜春雖為寧府獨女，卻只得一個終日奉道、以丹道仙班為樂的父親，一個飛揚跋扈又私德不檢的兄長。香丘難覓，淨土難求，惜春只得「別尋方外去」，不信「人間亦自有丹丘」。

脂粉英雄奈何天──紅樓二十四談

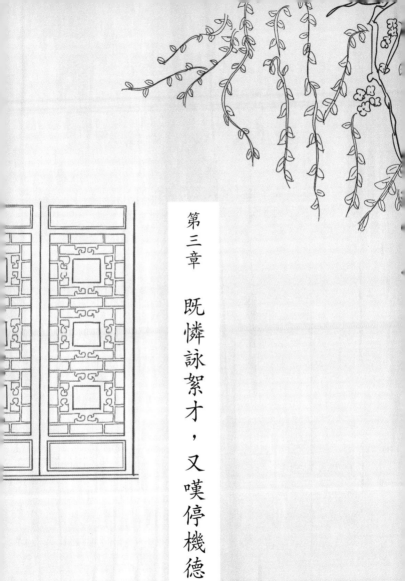

第三章　既憐詠絮才，又嘆停機德

楊妃戲蝶偶露嬌，嫦娥葬花頻拭淚
——釵黛的輿論環境

> 悵惘西風抱悶思，蓼紅葦白斷腸時。
> 空籬舊圃秋無際，瘦月清霜夢有知。
> 念念心隨歸雁遠，寥寥聽坐晚砧痴。
> 誰憐我為黃花病，慰語重陽會有期。
>
> ——蘅蕪君《憶菊》

> 欲訊秋情眾莫知，喃喃負手叩東籬。
> 孤標傲世偕誰隱，一樣花開為底遲？
> 圃露庭霜何寂寞，鴻[5]歸蛩病可相思？
> 休言舉世無談者，解語何妨話片[6]時。
>
> ——瀟湘妃子《問菊》

「寶釵撲蝶」是紅樓當中一段撲朔迷離的情節，歷來爭議頗多。蘅蕪君這樣一個端雅貴女，在芒種時節，賈府諸艷共餞花神之際，因見兩個團扇大的玉色蝴蝶，迎風蹁躚，十分有趣，於是撲來玩耍。芒種餞花神，並無確實的典故，恐又是芹溪為天下女兒的杜

5　「鴻」字，亦有作「雁」，即「雁歸蛩病可相思」。
6　「話片」一詞，亦有作「片語」，即「解語何妨話片語時」。

撰。姐妹們早來園中敘話，行閨中遊戲，獨不見「花神」黛玉。

　　寶釵尋黛玉，行至瀟湘館，卻見寶玉信步而來，便抽身回來。如此謹慎的寶釵，因一時貪玩，在回程路上撲起蝴蝶來。足見「小大人」寶釵儘管處事老道，卻仍不免存有少女情懷。

　　「楊妃」有心戲彩蝶，寶釵無意聽聞言。一次園中嬉戲，卻聽到一段閨閣隱秘。滴翠亭外，初夏風景正好，蝶舞翩翩；滴翠亭內，小紅情竇初開，思慕賈芸。這一段小紅與墜兒的低聲私語，恰好被寶釵聽到。六目相對，寶釵借尋找黛玉的由頭，巧妙脫身。小紅哪知這是脫殼之計，只擔心黛玉聽了自己的私隱，戲謔起來，如何是好。

　　聰慧如小紅，亦免不了虛實不辨。小紅所見，寶釵隨分守時，待人如沐春風，似是可以親近之人；黛玉目下無塵，言辭刻薄，心思細密。然而，滴翠亭外，寶釵所思，小紅、墜兒此等言行乃是「姦淫狗盜」之人所為。倘或顰卿聞得此等閨閣私語，恐怕不過一笑了之。小紅所慮，正是賈府形成的一種「輿論環境」，寶釵寬厚穩重，黛玉小性兒、刻薄。

　　初到賈府時，寶釵尚未到及笄之年，卻已十分老成持重。寶釵是隨犯了事的兄長來京都投奔親戚，

薛蟠愚魯，聲名在外，寶釵自許頗高，言行舉止，自然多了幾分謹慎和隨和。薛家雖是皇商，薛蟠卻不成器，賈氏子弟不過以「呆霸王」認之。寶釵不僅文墨頗通，且善吟詠，行事又持重，反得賈府貴戚的賞識。

舊禮時代，每個人的青春期十分短暫，所以古詩詞當中才有無數「留春不住」的感慨。少女及笄之後，就要開始談婚論嫁，隨後進入到漫長的成人生活當中，不可逾矩地度過一生，越是大家世族，越是身不由己。因此，大部分貴族年輕人，特別是少女們，抓住這難得的閨閣時光，與姊妹玩鬧嬉笑。對於才氣逼人、言辭詼諧、詩文飄逸的黛玉，姊妹們直呼，到底是顰兒，讚嘆有加。便是迎春，也在芒種那一日，也打趣地說，顰兒這個懶丫頭，這會子還睡覺不成。

寶釵也不過未滿十五的青春少女，明媚鮮妍，卻不能與諸姐妹一般，只圖吟詩賞花，她需要時時處處為自己與家族打算。薛蟠不過一皇商紈絝，毆傷人命，全當兒戲，帶了母親與妹妹，直上京都。彼時寶釵尚在待選宮中侍讀，不想竟未能如願。雖不知此事是否與薛蟠所犯人命官司有關，寶釵卻只得再謀出路。寶釵年幼時天分頗高，幼時父親便令其讀書識字，較之薛蟠竟高出十倍，兼之姿容豐美，年少氣盛，自許頗高，也是人之常情。無奈兄長魯鈍，待選不得，

只得留心於針黹家計，以圖別法。

換言之，寶釵的練達，實屬無奈。以寶釵的文采樣貌，倘或父親尚在，抑或兄長頗具才幹，她恐怕也是個靈動直率的少女。

滴翠亭裡，小紅訴說自己對賈芸的情意，聽著不過是小丫頭墜兒。賈芸乃賈府旁支親戚，出身寒微。不過因一次機緣巧合，彼此有意。寶釵恪守舊禮，將這份情意認定為「姦淫狗盜」之人的心機，故而認為，自己倘或被小紅撞見，小紅便知私隱被人聽去，一旦惱了，反難自處。寶釵所想，世俗慣常之理解。未經稟明主子父母，私相授受，雖不似司棋與潘又安那般行事，若是被主子姑娘當面撞破，彼此難堪。

然而，寶釵不知小紅心意，並非貪慕賈芸的身份錢財，即便是心事為姑娘聽去，只是擔心若是被人所察覺，刻薄揶揄。小紅亦不知釵黛脾性，不過以「貌」取人，認定寶釵寬厚，不擔心寶釵知道，反擔心黛玉聽去。

「酒盡沙頭雙玉瓶，眾賓皆醉我獨醒。」世人何嘗不是在社會的滾滾洪流當中，為表面現象所迷惑，對事物的本質做出了全然相反的判斷呢？

黛玉對眾丫鬟一視同仁，面對紫鵑發自肺腑的關心，從不在意她言辭直爽。對命運坎坷的香菱，黛玉

三兩下點撥，香菱便寫出「精華欲掩料應難」的佳句。以「平易近人」著稱的寶釵，則深知主僕有別，靛兒因掉了扇子找寶釵，寶釵厲聲呵斥。對香菱作詩的熱情，寶釵認定菱姑娘瘋了，連主子姑娘亦不能以詩文為正務，何況一個丫頭？而對於跳井的金釧，寶釵則認為，一個丫頭，倘若真因為主子幾句責罵，便有這麼大氣性，定是個「糊塗人」。

黛玉的「惱」，無非是對寶玉的「不放心」，自從放下那顆心，何曾再惱呢？

在滴翠亭的一幕當中，為何小紅認為寶釵聽去了無事？因為寶釵看起來更加「親和友善」。小紅何許人？她在怡紅院二等丫鬟也夠不上，並不能近身伺候，端茶倒水，難得見到主子們相處的情形。小紅為林之孝之女，其父母在賈府的管家中卻是頭面人物。黛玉性靈，於舊禮之中，不能算得是隨分守時之女子。因宮花曾說了句刻薄話兒，周瑞家的雖表面上不敢還一言，卻不免私下論及此事。小紅很容易接觸到這樣的輿論，對釵黛形成了如此的刻板印象。

寶釵之「和善」確是有意為之。既有薛蟠之愚魯，就該有寶釵之嫻雅。連薛姨媽尚有想得不周全之處，寶釵卻時時提醒，哥哥之事、薛家之事有多少仰賴那邊爺們兒（賈府的親眷）之處，必得和睦相處。

黛玉是賈母的掌上明珠，從小與寶玉跟著賈母，飲食起居都在一處。容貌豐美的寶釵到來，不久便抱病於梨香院。周瑞家因回王夫人的話，問得寶釵，方知寶釵這病奇怪，須得「冷香丸」醫治。寶釵初來是，日與黛玉等姐妹一處，看書下棋、針黹女紅，倒也樂業。在寶釵抱病之前，釵黛關係和睦。脂批有言，此處反襯後文黛玉之不樂業。可見是一處伏筆。

幾曾隨逝水，豈必委芳塵。

寶釵的《柳絮詞》，更多是富家貴女對命運的不甘。舊時女性出路有限，薛家雖為皇商，但父親早逝，兄長不堪大才，寶釵的命運，不僅關係到自己，還關係到家族榮辱。

寶釵落選宮中侍讀，是釵黛關係的第一個轉折點。

在黛玉看來，寶釵容貌豐美、文采精華，為人又圓融和善，頗得下人之心。再看寶玉，天分中自有一股「愚拙偏僻」，視兄弟姊妹為「皆出一意」，黛玉疑心寶玉，漸次疑心寶釵。在那個時代，青年男女以父母之命為準，以私相授受為恥，寶黛再有情，也不能直言。黛玉疑心而生妒，妒而小性兒，小性兒而言語失當。黛玉的言辭刻薄、動輒小性兒的輿論環境就

這樣形成了。

回頭再看，黛玉對周瑞家的小發脾氣，應是對薛家的反感，遷怒於周嫂子。寶釵原沒有病，在家養病莫不是引寶玉探視？大張旗鼓送十二隻宮花也有收買人心之嫌。在周嫂子送宮花的過程中，饅頭庵的月例香供銀子、女婿家的古董官司、鳳姐賈璉的私隱一一上演，借此說明，這十二隻宮花的背後是賈府權力者的推動，也暗喻十二金釵的命運。

寶釵也有真情流露之時，在寶玉奶母李嬤嬤呵斥襲人而被鳳姐請走時，黛玉寶釵都是拍手稱快的。寶釵肩負著家族的使命，行事上比黛玉的掣肘更多，天長日久，一言一行，押韻合轍。

另一個賈府的輿論聲浪是關於寶玉的婚事。似乎賈府中一直流傳著這樣一個說法，林姑娘是賈母定准了給寶玉的。不僅小廝這麼說，丫鬟這麼說，連鳳姐、薛姨媽也這麼說。但最終鳳姐、薛姨媽、王夫人、賈母都同意了金玉良緣。這一結局不得不讓人感到十分意外。既然黛玉與寶玉自小一處，日則同行同坐，夜則同息同止，言和意順，略無參商，緣何又擇寶釵為媳呢？

寶釵「臥病」梨香院，寶玉探病識通靈。「莫失莫忘，仙壽恆昌」、「不離不棄，芳齡永繼」。如戲

脂粉英雄奈何天——紅樓二十四談

96

文念白，金玉好戲正要開場，寶釵馬上嗔著鶯兒，命她去倒茶。金玉良緣，伏筆已現。寶釵懂得不使輿論發酵，金玉良緣只能提及，不能坐實。

反觀黛玉，鳳姐打趣她，吃了我們家的茶，怎麼還不與我們家做媳婦？不過一句姑嫂玩笑，黛玉則是又氣又羞，說鳳丫頭貧嘴惹人嫌，當即就要離席。彼時寶釵反勸，鸞兒走了倒沒意思了。黛玉此舉頗多。薛姨媽曾說，要認了黛玉做女兒，把黛玉許給寶玉，倒是「四角俱全」的姻緣。黛玉羞愧，只說是寶釵引得薛姨媽如此，與寶釵打鬧起來。紫鵑卻問，姨太太為何不去回老太太？這些情境，反倒坐實了寶黛有情。

明清以降，對女性的言行控制和輿論壓力已經到了相當嚴格的地步。湘雲議親期間，因寶釵開了湘雲玩笑，說她愛穿寶玉的衣服，賈母立時變了顏色。對黛玉的名聲，賈母也必珍視。以寶黛姻緣戲謔，恐怕當時賈母是默許的。賈母素愛賈敏，無論是王夫人的只言片語，還是黛玉的言行舉止，都可以知道，賈敏是賈母子女當中第一得意之人。賈母性情，重規矩卻不頑固，黛玉雖身體怯弱，卻自有一股風流態度，頗得賈母喜愛。

寶釵之於黛玉，更知人情世故之變化無常，言行慎之又慎，更知如何經緯籌謀。寶釵亦深知寶玉之

好，連尤三姐尚知寶玉待女兒之好，寶釵如何不知？
但寶釵克己復禮，事未有準，始終以「寶兄弟」呼之，
以禮待之。對於寶玉的「頑劣不愛讀書」，寶釵甚苦，
多次好言勸之，卻往往不歡而散。

在梨香院修養時，周嫂子曾問寶釵「那種病」發
病時怎麼樣？寶釵隱忍不發，不過是說：「也不覺什
麼，只不過喘嗽些。」把周瑞家的糊弄了過去。寶釵
深知賈府世家大族，為子孫娶親既注重家世人品，也
不得不從實際考量。寶釵所為，目的則是不向賈府傳
達「寶姑娘身體欠佳」這個信息。若要說寶釵有意為
之，不如說寶釵性格使然。

寶釵很少在人前發私意，她的口才不在黛玉之
下，議事廳論事時，常有巧思妙語。平兒為鳳姐描補
得體，寶釵便道，你的舌頭牙齒是什麼做的？探春引
經據典，寶釵也笑探春斷章取義。但是，寶釵言行有
度，即便偶爾一二次發了脾氣，也必有原因。

黛玉則是性靈不羈之人，才思敏捷，不免言出
傷人。寶釵休養時，黛玉借雪雁送來的暖手爐，含沙
射影寶玉與寶釵，已是在長輩與家僕面前露了私意。
趙姨娘、賈環一干人每口裡尋寶玉的不是，黛玉不留
心，便被人留意了。

滴翠亭楊妃戲彩蝶，無意間撞破小紅私隱，便以

顰卿為由脫身。寶釵是否有意為之,無礙小紅對釵黛的固有印象。芒種餞花這日,寶釵一時貪玩,惹了是非;探春為寶玉做鞋,使得賈環心生嫉妒;紅玉懸著心,挨了晴雯的奚落。唯有花朝這日出生的黛玉,哭餞落花,悲吟千紅。「怪奴底事倍傷神,半為憐春半惱春。」黛玉葬花,為的是天下一樣不由自主的女子,哭的是落花逐水的命運。

在八十至九十年代的學者當中,不少學者都更欣賞黛玉的「詠絮才」,而將寶釵、襲人一派稱為「犬儒」。一個更加可能的解釋是,當時的社會環境正處於改革開放如火如荼的時期,因此黛玉與晴雯的鋒芒更加符合時代的印記。而近幾年,寶釵、襲人式的「藏拙」、「謀劃」卻為人樂道。

藏拙守禮如寶釵,最終無法得到寶玉的真心。她所籌謀的未來,也因為四大家族的一損俱損成為泡影。即便賈府可以勉強支撐數十載,寶玉亦未必能如寶釵所願,讀書上進,登科及第。因此,寶釵輔佐丈夫、重整家業的理想必然落空。而超逸脫俗如黛玉,若是有緣與寶玉攜手,面對千瘡百孔的家計,又當如何應對?

「一朝春盡紅顏老,花落人亡兩不知。」黛玉未嫁而亡,成了寶玉永遠的「意難平」。

脂粉英雄奈何天——紅樓二十四談

才高識遠蘅蕪君

> 桂靄桐陰坐舉觴，長安涎口盼重陽。
>
> 眼前道路無經緯，皮裏春秋空黑黃。
>
> 酒未滌[7]腥還用菊，性防積冷定須薑。
>
> 於今落釜成何益？月浦空餘禾黍香。
>
> ——薛寶釵《螃蟹詠》

　　周汝昌認為，寶釵之言行，表現出女性的「識量」，這個評價當屬客觀。他所列舉的「脂粉英雄」第一序列當中，有鳳姐、湘雲、晴雯、探春等，卻沒有寶釵。古來英雄多剛烈，寶釵圓融，見識卻不淺。

　　大觀園中的脂粉英雄，囿於時代，囿於個人的出身，難以一展抱負。正如探春所言：「立一番事業，自有我一番道理。」鳳姐曾在夢中問可卿，有何辦法能夠「永保無虞」？可卿笑鳳姐「好痴」，榮辱自古周而復始，水滿則溢，月滿則虧，乃是自然規律。湘雲為岫煙、迎春打抱不平，黛玉笑她：「你又充什麼荊軻聶政？」迎春的首飾被下人偷去賭博，卻安然手持《太上感應篇》，黛玉驚心，唇亡齒寒，曾說：「虎

7　「滌」字，亦有作「敵」，即「酒未敵腥還用菊」。

狼屯於階陛，尚談因果。」天下女子皆無奈，寶釵也不例外。

梁庚堯說，中國歷史上婦女地位「一向低落」，三從之義，指出女子為男子的附庸，本身沒有獨立的地位。曹雪芹表面謙辭，說這些女子不過「小才微善」，卻稱她們為脂粉英雄，可說是一個創舉。魏晉南北朝及至隋唐，禮法廢弛，女子地位有所提高，自宋以來再次收緊，纏足、受訓、限制讀書、剝奪財產，明清以降，婦女地位持續低走。

《紅樓夢》說書中女子皆有「微善小才」，明抑實揚。可卿對鳳卿的評價，可謂總括：「束帶頂冠的男子」有所不及。寶釵有哪些「小才」？寶釵自幼即顯露出文采，父親令其讀書識字，較之愚兄竟勝百倍。寶釵曾「以身作則」勸導黛玉，言談之間，寶釵說薛府的姊妹兄弟，也是愛詩愛文的。寶釵頗具詩才，探春邀詩社，群芳畢至，李紈、寶釵亦不守舊，閨閣詩文，盡展其才。賈芸偶得白海棠進獻於寶玉，便有了海棠一社。

珍重芳姿畫掩門，自攜手甕灌苔盆。
胭脂洗出秋階影，冰雪招來露砌魂。
淡極始知花更艷，愁多焉得玉無痕？
欲償白帝憑清潔，不語婷婷日又昏。

淡極始知花更艷。寶釵薄施脂粉，家常衣裳，身上沒有「富麗閒妝」，閨中陳設粗陶素几，卻依然艷冠群芳，任是無情也動人。與其傷春悲秋，不如泰然自若。這正是寶釵的處事觀點。

寶釵對世事人心的洞察，見識頗深，不似一個閨閣少女。寶釵與母親、哥哥投靠親友，起因是薛蟠爭買侍婢毆傷人命，未來時合府皆知，此事是借賈政與王夫人之力才得以平息。雖然薛家所居梨香院一應日常花費，不取賈府一分一毫，外事卻是仰仗於人的。寶釵比薛姨媽見事明白，因此自到了此地，隨分守時，言行恭謹，鮮有張揚任性，多是委屈求全。薛蟠愚魯，常為賈氏子弟逗引和恥笑，寶釵卻未受其累，其明理懂事，比個大人還強些。

寶釵何以如此？薛家以商立家，薛蟠後來說親，也是選了同為皇商的桂花夏家。梁庚堯曾說，儘管明清以降商賈地位大有提升，然而在一般社會觀念當中，仍以士人為尊。商賈之家，仍會讓子孫後代讀書，或者自己取得仕宦的身份，以期提高家族的門楣。有清以來至乾隆末年，鹽商子弟中進士者四百二十人余人，舉人八百二十餘人。仕商合流，既是鐘鼎之家，亦是詩書之族，十分常見。寶釵讀書識字，參選宮中伴讀，足見她對家族前途命運的考量。

賈府以詩書傳家，設有家族私塾，供給貧寒宗族子弟讀書。自文字輩起，除寶玉外，皆讀聖賢書，寒窗十載。連賈珍賈蓉都知道烏莊頭的拜帖文墨不通；林如海也為黛玉請過西賓賈雨村；史湘雲說史侯府上的花園繁茂精緻，更勝大觀園，湘雲吟詩作對常有神來之筆，可見賈府之姻親故舊都是有讀書傳統的。

寶釵初來時，賈府氣象尚能支撐。隨著深入的接觸，寶釵也看出賈府的經濟狀況，及至鳳姐大病初愈需要人參調養，合府上下竟然找不到一支堪用的人參，寶釵深知賈府的內瓤已經盡上來了。詩書大族，子弟不求進取，內府不知儉省，寶釵年齡雖小，心思卻深，看得十分明白。協理賈府時，寶釵與探春皆看出賈府長期虛耗銀兩、鋪張浪費，探春決心末世革新，興利除弊。寶釵附議之余，全大體、知避嫌，對世故與人性之探查之深，非一般閨閣女兒可比。

寶釵的識量還在於她對物質的態度。皇商貴女，見慣金銀珠翠，華服美衣；經歷幼年喪父，寡母愚兄，家業難繼。寶釵自然知道何為輕，何為重。薛蟠的生日，恣意縱酒，新奇蔬果，京城名伶，好不自在。寶釵生日，罕有操辦，將近及笄之年，賈母包辦過一次，寶釵不過順意而為，戲多喜慶，菜盡軟爛。寶釵不僅懂事，更不在意美饌佳餚。

金鞭斷折九馬死，骨肉不待同馳驅。

腰下寶玦青珊瑚，可憐王孫泣路隅。

——杜甫《哀王孫》

金鞭寶馬，難逃戰火，玉玦珊瑚，不過身外之物。寶釵深知此理。岫煙出身寒微，家中曾賃過妙玉的房子十年，居就過活。邢夫人愚昧吝嗇，二兩月例仍要克扣，岫煙無奈，只得典當冬衣勉強度日。寶釵為岫煙贖了冬衣，只見釵荊裙布的岫煙多了一個碧玉佩，對岫煙說，現在家裡已經「一時比不得一時」了，這些官宦人家小姐的「富貴閒妝」都省了，「無用」之物大可不戴。

寶釵曾說，七八年前來的時候，家裡尚可撐撐門面，然而現在已經比不得他們（賈府）了。當時的社會背景下，私營工商業大行其道，官營生意慢慢萎縮，儘管仍然有一個在戶部掛名的虛名，卻比不得從前了。薛蟠本愚鈍無能，再加上賈府不上進的珍蓉等人的影響，「比當日更壞了十倍」。薛姨媽惟有托掌櫃帶著薛蟠學學生意，願其安分守己，靠著祖產和家僕，便能維持薛家的現狀。

薛家的金釵首飾，尚有七八箱子。然而，這些俗物對於一個處於低谷的家族而言，真的是「無用之

極」。以賈府而言，賈赦、賈珍、賈蓉、賈璉也是恣意奢華。鳳姐、寶釵身為釵環當家，卻在苦苦支撐，寶釵更為薛府的家族命運殫精竭慮。

> 顧我無衣搜藎[8]篋，泥他沽酒拔金釵。

賈府與薛府都在走向衰敗，鳳姐典當陪嫁，應付索要錢財的宮中內官；又協同鴛鴦，在賈母的支持下將無用的擺設暫押銀兩，以全家務之禮。寶釵不僅要協助母親處理家務，更要提點兄長，行商經營，須得倚靠舊僕，犒勞打賞，必不可少。

寶釵並不喜無用的虛禮，更反對擺虛架子。以湘雲之名做的螃蟹宴，乃是寶釵為其周旋安排。湘雲豪爽，有了好詩興，必要做東道，邀一社助興。寶釵為她瞻前慮後，湘雲在家做不得主，一個月通共幾串錢的月例，若是被叔叔嬸娘知道又做這些「沒要緊的事」，越發遭嬸娘抱怨。於是寶釵拿出自家夥計送上來的螃蟹，替湘雲解了圍。

菊花宴上，眾人只見膏肥黃美的螃蟹，不知千金小姐的煩難。連當家奶奶們都感嘆，那樣大的螃蟹，不過有頭有臉的吃上一點罷了。在寶釵看來，虛禮都是「沒要緊的」，不過自己便宜，不得罪怠慢別人即

---

8 「藎」字，亦有作「畫」，即「顧我無衣搜畫篋」。

可。倘或擺久了虛架子，即便侯門公府，也有後手不接的一日。

空籬舊圃秋無跡，瘦月清霜夢有知。

寶釵自幼喪父，隨母親背井離鄉，自然懷念家裡府中的光景，不過此一時彼一時，如今只能在京都的夢中遙寄相思了。

寶釵曾規勸黛玉，詩詞不過閨閣玩意，男子以輔國治民為要，女子以針黹女紅為任。不少人以此認為寶釵迂腐，遠不及黛玉超脫。農業社會因為生產力有限、土地兼並、士紳勳貴階層特權等問題，男耕女織是立國之本。滿人入關後也奉舊俗，帝後都倡導農桑。甚至牛郎織女遭到懲罰，一年相見一次，也是因織女「嫁後廢織紝」，被天帝責罰，並非王母無情。賈家、薛家都處在衰敗的危機當中，寶釵有此一慮，正是出於這樣的觀念。

柳湘蓮出走，薛蟠與薛姨媽皆嘆息，寶釵則提醒兄長應以家務為重。世人皆以為寶釵涼薄，竟不如薛蟠有情有義。薛府光景不似從前，香菱污了的石榴紅綾裙，是寶琴帶來的料子裁剪，只得兩條。香菱是個仔細人，自然十分愛惜石榴裙，薛姨媽仍言語間嫌香菱等不會過日子。足見薛府之儉省。寶釵居安思危，

薛蟠出門行商，人貨險遭盜匪，掌櫃夥計們驚魂未定，不安撫犒勞，不近人情，如何留住忠僕？

薛府投奔賈家之後，實際上是寶釵在運籌掌家。一方面要應付賈府的親戚往來，又要提點生意瑣事，還需要幫助母親為哥哥娶親的事情籌謀。及至悍妒的金桂入府，飛揚跋扈，薛府竟無寧日。寶釵言語彈壓，協助母親周旋期間，極力維護薛府顏面。這些壓力其實已經超過了一個未嫁女應該承受之重，也體現出薛寶釵的能力和見識。

薛寶釵的《螃蟹詠》道盡世事霸道無常，世人陰險囂張。今日共飲菊花酒，今朝同品螃蟹宴，誰知來日眾人何在，未來如何呢？男子世界尚且如此，女子又當如何？以寶釵的識量，自然會發出如此感嘆，而以寶釵之性格，要在這無經緯、空黑黃的世界中尋得自己的一方天地。

好風憑 [9] 借力，送我上青雲。

這是寶釵的識量，也是寶釵不甘命運的志向。

---

9 「憑」字，亦有作「頻」，即「好風頻借力」。

黛玉之死為何讓人痛心？

日暮風吹，葉落依枝。

丹心寸意，愁君未知。

——青溪小姑曲

二十世紀末，電視台曾經做過一個街頭採訪，中國的年輕女性對《紅樓夢》中人物都有自己全新的解讀。大部分女性愛慕探春的才幹，也有人欣賞鳳姐的能力，甚至佩服寶釵的藏拙和圓融。林黛玉則成為大部分年輕女孩抵觸的人物形象。

盈盈燭淚因誰泣，點點花愁為我嗔。

寶玉四時詩之《春夜即事》倒頗合黛玉之心境。在與寶玉心心相印之前，寶黛二人常掩去真情，以假意試探對方，哭哭鬧鬧，時而驚動長輩。眾人之印象，難免以為黛玉刻薄，小性兒、愛拈酸吃醋。

暑熱天，清虛觀打醮引發的矛盾還在發酵。黛玉賭氣剪了穗子，正在瀟湘館暗自垂淚。貼身大丫頭紫鵑說：「論前日之事，竟是姑娘太浮躁了些。」黛玉「呸」了一聲，說：「你倒來替人派我的不是。我怎麼浮躁了？」不似主僕對答，倒像是姊妹敘話。紫鵑

不僅敢直言黛玉「浮躁」，還為黛玉籌謀，公子王孫，娶了「天仙似的」人物，不過三夜五夕，也就淡了，不如趁老太太如今硬朗，坐定了大事要緊。

舊時世族大家，階層有別，便是主子開恩，為奴為婢者也不敢造次。賈府以禮治家，便是寬仁待下，也越不過一個「禮」字。鶯兒與賈環擲骰子作樂，賈環耍賴，不服氣的鶯兒說了幾句抱怨的話，寶釵厲聲斥責鶯兒，身為奴婢，豈可派主子的不是？即便賈環為庶出之子，亦不得賈政青眼，但仍是主子，即便無賴，也不是一個丫頭可以歪派的。賈母惜老憐貧之人，襲人因母親去世，未能近身伺候寶玉，賈母亦嫌鳳姐太寬了。憑他什麼好奴才，也越不過主子去。

寶釵舉止，最合舊時禮數，可以說是世家擇媳的上佳人選。鶯兒議論起金玉，寶釵命她即刻去倒茶；小丫頭靚兒因失了扇子，問寶釵可是藏了起來逗她，這話顯失分寸，寶釵當即斷喝。寶釵是否錯了？站在時代的角度看，並非如此。寶釵的底色，是守禮，禮是寶釵心裡無法逾越的一面高牆。這面牆屏蔽人性的天然，疏遠彼此的距離。可以說，寶釵是一位十足的「女夫子」。

人不過一副皮囊，或生於富貴之家，則為主子姑娘，或生在貧苦之家，則為小廝丫頭。是人皆有情感，

父母子女，夫妻兄弟，不因主子奴才有所分別。世人皆容易以假為真，以虛名浮利為實，難逃名利錢財感情的誘惑。

寶釵等以禮立身者雖不錯，卻始終活在假象的世界裡，以為循禮守法、苦心經營，就可持家立計。男子讀書登科，女子輔佐家政，兩三代後或許可得復興。然而榮辱興衰豈能盡遂人心所願？

黛玉與寶釵正相反。黛玉與寶玉都曾暗想，素日認對方是個「知己」，果然不錯。何為「知己」？寶玉和黛玉儘管仍無法完全擺脫身份對自己的影響，卻天然之中自帶一股無拘無束、出自肺腑的真性真情。黛玉詠白海棠，新奇性靈，「偷來李蕊三分白，借得梅花一縷魂」，寶玉為之擊掌叫好。李紈卻認為風流別致，當推瀟湘妃子，而含蓄渾厚，終讓蘅稿。在主流的審美評判當中，渾厚含蓄是女兒閨閣詩的最高境界。寶琴曾做懷古十首，因為蒲東寺和梅花觀的典故，涉及閨閣女兒不應讀的《會真記》和《牡丹亭》。寶釵認為不符合閨閣女兒之禮，命寶琴再替換了來。黛玉則不以為然，直言寶釵「膠柱鼓瑟」，矯揉造作。

這首詠白海棠，是偶然結社而得。白海棠是賈芸「孝敬」寶玉的，賈芸的拜帖如脂批所言，確是令人噴飯的新鮮文字。賈氏子弟中，獨賈芸料理花木，

與能幹爽利的小紅互生真情，因而送來的白海棠，也成為大觀園群芳首次起社的主題。這時的黛玉已經被《西廂記》、《牡丹亭》的文字驚了芳心，這些寶玉眼裡的真真好文章，自然能在知己黛玉的心裡扎根。既是真情使然，必是真情流露，寶琴之懷古詩，不僅懷名勝古蹟，更感念年少時光。有何不可？

香菱本名甄英蓮，原是一二等人間富貴地的大家小姐。「霍啟」上元節，英蓮被拐子拐走，與親生父母失散，開始了她悲劇漂泊的人生。不過上京前偶然見到英蓮，薛蟠竟覺得英蓮生得「不俗」。薛兄都知「不俗」，可見英蓮氣質超凡。寶釵和薛姨媽因香菱生得標致，舉止嫻雅，頗敬重她。然而主僕有別，香菱始終是薛大傻子的「房裡人」，不過妾室奴婢一流。倘或逾越本分，寶釵便覺不妥。到底是出身不俗，香菱起了作詩的興頭，寶釵只道菱丫頭瘋了。香菱又問黛玉，黛玉笑言，詩有何學的？要論學，不過起承轉合，若是有了真意趣，詞句不用修飾，便是好的。

黛玉推薦香菱讀王維、杜甫的詩：「行到水窮處，坐看雲起時」；「竹喧歸浣女，蓮動下漁舟」；「勸君更盡一杯酒，西出陽關無故人」；「國破山河在，城春草木深」；「會當凌絕頂，一覽眾山小」；「白日放歌須縱酒，青春作伴好還鄉」；「無邊落木蕭蕭

下，不盡長江滾滾來。」

這些佳句詞義簡單，但讀之可親，歷經千年仍能喚起人心底的真情。所謂「文能宗經，情深而不詭，風清而不雜，文麗而不淫。」王國維說，作詩作詞，要有真情實感，是為「不隔」，也就是能讓人身臨其境、感同身受。這也是黛玉的審美觀，是黛玉對萬物人生的看法。黛玉所擔心的，並非香菱是否應該學詩，甚至不是香菱能否學會作詩，而是擔心她落入了俗套的風格當中，就再也沒有靈動的詩意了。

《詩經》是歷代詩人們汲取養料的土壤。《詩經》之美，不僅在於韻律帶來的回環之美，更是先民們所傳達的真情實感。

陟彼岵兮，瞻望父兮。父曰『嗟！予子行役，夙夜無已。上慎旃哉，猶來無止。』

陟彼屺兮，瞻望母兮。母曰『嗟！予季行役，夙夜無寐。上慎旃哉，猶來無棄。』

《詩經·魏風·陟岵》借父母兄弟之口，言盡徵戰跋涉之苦。「可憐無定河邊骨，猶是春閨夢裏人」化自此詩。這種真摯的情感，才是詩意的精華。黛玉深諳此理，即便是元春省親，應製作詩，仍能寫出「一畦春韭綠，十里稻花香」這樣的佳句。

當香菱寫出「一片砧敲千里白，半輪雞唱五更殘」這樣的情真之句，眾人高興地直呼好詩，社裡一定請你了。香菱只當是客套，猶是不信。比起此前的兩首詩，香菱的這首詩新巧有趣，這與黛玉的點化是分不開的。

黛玉的「真」是知行合一的。她不以主僕論高下，紫鵑一心為黛玉籌謀，黛玉待紫鵑也一如姊妹，竟比一起蘇州上京的雪雁更親切。黛玉更不會在低落時拿丫頭們撒氣。黛玉赴怡紅院找寶玉，襲晴等人園中作樂，讓黛玉吃了閉門羹，晴雯嗔怪，實刺寶釵，黛玉不知實情，垂淚良久。誤會解開後，黛玉只嗔著寶玉，該好好約束一下怡紅院的女孩子們了，從未以此尋機報復小丫頭們，待襲人、晴雯，也一如往常。

寶玉一時興起，以寶釵比楊妃，寶釵大怒，登時撂下臉來。因此遷怒靛兒。

《論語》有雲，「不遷怒，不貳過。」熟讀四書的寶釵，必讀此文，必知此理，卻因寶玉無心之失遷怒他人。平日裡的寶釵，「大度」、「謙和」，湘雲以為完人，卻犯了遷怒之失，只因寶釵心中尊卑有別，為奴者即使被遷怒、冤屈，亦不能以此為怒，靛兒如此，金釧亦如此。紫鵑為了探試寶玉心意，哄騙寶玉，說林姑娘要回蘇州家去了。寶玉為此犯了痴

症，目滯口涎，神志不清，竟是那下世的光景了。黛玉雖氣，不過罵了幾句，紫鵑去寶玉處陪了幾日，軟語解釋，待寶玉回轉過來，仍歸瀟湘館，主僕親密，不曾有嫌隙。

重建桃花社時，黛玉的桃花詩中有這樣的句子：

涙眼觀花涙易乾，涙乾春盡花憔悴。
憔悴花遮憔悴人，花飛人倦易黃昏。

寶琴戲言是自己所做，寶玉卻說，黛玉經歷離喪，才能寫出如此淒涼。「敘情怨，則郁伊而易感；述離居，則愴怏而難懷。」經此人間悲歡，方有此情。歐陽修寫「涙眼問花花不語，亂紅飛過鞦韆去」，道盡春愁，黛玉的桃花詩以花比人，絳珠仙草，知三春去後，群芳憔悴，自己也該涙盡而還。

許倬雲在《剎那與永恆》一文中，解析了時間對文學作品的意義。四季交替、日出日落、月光星辰、飛花微雨，都「代替著鐘面上的指針」。他說，黛玉的《葬花詞》是「對時間直接的感傷」，「最易令人感觸」。「柳絲榆莢自芳菲，不管桃飄與李飛。桃李明年能再發，明年閨中知有誰？」桃李一春，草木似乎以一種「無情」的方式，轉述著時間的殘酷和青春的短暫。

相傳十殿閻羅之首為東漢蔣子文，被孫權封為鍾山之神。蔣子文施雨為善，被後世祭祀，他的三妹則是著名的「青溪小姑」。青溪小姑於鍾山旁的青溪遇難，被民間奉為女神。傳說中有青溪小姑曲兩首：

其一為：

開門白水，側近橋梁。

小姑所居，獨處無郎。

其二為：

日暮風吹，葉落依枝。

丹心寸意，愁君未知。

青溪小姑未嫁而亡，與黛玉的經歷何其相似。河水繞橋梁，落葉依舊枝，而少女之真心真情，付諸流水。青春歲月，轉眼流逝。佳人薄命，本是世間一大悲，佳人偏具才情，更是聞者傷心，悲從中來。

粉墮百花洲，香殘燕子樓。一團團逐隊成球。
飄泊亦如人命薄，空繾綣，說風流。
草木也知愁，韶華竟白頭。嘆今生誰捨誰收。
嫁與東風春不管，憑爾去，忍淹留。

黛玉的柳絮詞，眾人皆道「太作悲了」。青春少女，作此悲歌，正映照青春易逝，情思難留。如青溪

小姑，渴慕真情，卻難敵世事無常，陰陽兩隔，縱然是閻羅之妹，也無可奈何。

蘇東坡的楊花詞曰：「細看來，不是楊花，點點是離人淚。」正中此心懷，映襯首句的「夢隨風萬里，尋郎去處，又還被、鶯呼起」，足見真情兒女，總被風雨吹散，天涯海角，人亦飄零。

黛玉的「真」、黛玉的「情」，不容於時代的桎梏，難逃世事的無常，終是「暗自嗟」、「空牽掛」，縱有「詠絮才」，仙姝寂寞林中掛，水流花謝兩無情。懂得曹雪芹對真情的詠嘆，才知黛玉之死何以讓人如此心痛。

第三章　既憐詠絮才，又嘆停機德

鳳姐是否助推了金玉良緣？

> 都道是金玉良緣，俺只念木石前盟。
> 空對著，山中高士晶瑩雪；
> 終不忘，世外仙妹寂寞林。
> 嘆人間，美中不足今方信。
> 縱然是舉案齊眉，到底意難平。

寶玉的姻緣，是整部書的一個謎題，歷來討論頗多。細看謎面，原文所提到的兩位女子，卻只有寶釵與黛玉。脂批明確指出，「玉帶林中掛」指林黛玉，而「金簪雪裡埋」指薛寶釵。紅樓曲《終身誤》也明確提出了「木石前盟」和「金玉良緣」，分別指賈寶玉與林黛玉、薛寶釵兩位女子的姻緣。

周汝昌說，不能將《紅樓夢》當做寶黛愛情來看，《紅樓夢》所談之情，乃是大情。此議論固然有理，但寶黛的知心真情，金玉的舉案齊眉，湘雲的麒麟伏筆，都是學界與民間討論的焦點。湘雲與寶琴的討論，大抵與「因麒麟伏白首雙星」、「雀金裘與鳧靨裘」相關。如果我們從《紅樓夢》謎面——判詞和紅樓曲出發，就暫不再此討論這兩位女子與寶玉有姻緣的可能性。

根據《終身誤》曲，「木石前盟」明確指出了黛玉與寶玉未赴前世之約，而「金玉良緣」和「舉案齊眉」，大抵暗示寶玉與寶釵結成連理。黛玉曾是賈母屬意的孫媳人選，合府皆知。黛玉病重，賈府式微，後四十回卻突然出現了金玉良緣之說。這些關於改選寶釵，敲定金玉良緣的文字，很難從中得知寶玉姻緣另屬的原因。讀者對此猜測頗多，包括元春賜婚、趙姨娘進讒、王夫人干預等。在後四十回的情節當中，鳳姐提及過金玉良緣，且協助賈母、王夫人操辦了這場代表賈府最後榮光的婚禮，因此有人認為，鳳姐是金玉良緣的助推者。

事實真的如此麼？

以明清禮俗，兒女婚姻，父母可說；父親亡故，族老可說。這固然是明清以降婦女地位趨於低微的表現，但如果我們據此分析，寶玉之父母俱在，且有賈母主持大局，無論如何，寶玉的姻緣很難與鳳姐扯上干系。鳳姐是榮國府赦老爺的兒媳，只因賈珠早亡、李紈病弱、寶玉未娶，暫領榮國府事。正如平兒所言，鳳姐最終還是要回賈赦那邊去的，何苦在此夙興夜寐，得罪眾人。因此，對於寶玉的婚姻大事，鳳姐很難有實質的建議權。

不知從什麼時候開始，輿論認為，鳳姐是一支十

分重要的有生力量，左右著寶玉的姻緣。對於鳳姐於此事當中的角色，一直有兩種截然相反的觀點。一種觀點認為鳳姐支持金玉良緣，因為寶釵屬於王氏家族的力量，金玉姻緣是王夫人、薛姨媽、王熙鳳合力促成。另一種觀點則認為，鳳姐一向恃能逞才，木石姻緣若成，黛玉不善俗務，鳳姐自可繼續執掌榮國府，據此認為鳳姐更加支持寶黛姻緣。

鳳姐在榮國府的話語權有多大？秦可卿亡故，賈珍從寶玉之薦，請鳳姐理事，尚需要王夫人與邢夫人首肯。鳳姐亦向王夫人表白，凡有不知道的，當不會擅自做主，自然會向王夫人請教。黛玉初來時，王夫人雖昏聵不善理家，也要過問下人月錢可放。鳳姐在具體事務上，可自行拿捏，甚至放貸收利、弄權索財，干係到賈府的一應大事，仍須王夫人做主。寶玉婚姻，干係到寶玉的前程，亦干係到賈府玉字輩乃至賈府的未來，上有貴妃，下有賈母與王夫人，鳳姐在此事上斷無話語權。

傻大姐在山子石上拾獲繡春囊，不想卻被邢夫人撞見，差人送了來與王夫人。王夫人乃是胸無城府之人，一見之下，勃然大怒。拿著「繡春囊」，不問皂白，屏退眾人，對鳳姐厲聲申斥，嚇得鳳姐臉皮紫漲，跪訴清白。據此，王夫人的赫赫威勢可見一斑。及至

王善保家的挾私報復，一語觸動王夫人心病，要拿晴雯立威。鳳姐在側，自然知道欲加之罪，何患無辭，實想提醒王夫人，卻連晴雯都保不下來。

而尤大姐受了西府管家媳婦之氣，待要發作，又不知如何發作。邢夫人見縫插針為難鳳姐，於眾人面前刁難。鴛鴦和平兒看得明白，鳳姐掌家數年，太和軟了，約束不力，公婆不依，太嚴苛了又開罪眾人。凡此種種，鳳姐不過是榮國府臨時的「大管家」而已，寶玉婚事，事關榮國府第四代的血脈，豈是鳳姐所能左右？

黛玉初到榮國府時年紀尚小，與寶玉一處同坐同息，賈母喜愛黛玉，鳳姐自然領會。因此，鳳姐是慣會戲謔寶玉和黛玉的，卻從未對寶釵和寶玉的姻緣開過任何玩笑。王熙鳳府上的小廝興兒，興致勃勃給尤二姐、尤三姐演說榮寧二府，直言寶玉的姻緣是定準了林姑娘的。只須待老太太開言。紫鵑也深知，黛玉之事，「有老太太一日還好一日」。可見，寶玉的婚姻，除了賈政與王夫人，賈母的意見十分重要。王夫人也曾言明，自己何嘗不知道如何教導兒子，只是人到中年才有了寶玉，老太太又十分疼愛，不能太過拘束了。

鳳姐深得賈母的喜愛，卻從不敢在大事上造次。譬如賈母曾敍起寶琴的年庚，也是薛姨媽開言，稱寶琴是其父在都中時，許給梅翰林之子的。如果事成，鳳姐便詼諧著討老祖母、薛姨媽等一個喜歡，若是事不成，不過閒談，鳳姐絕不多言。賈赦求娶鴛鴦，鳳姐也只能對邢夫人虛與委蛇，賠笑耍滑，讓鴛鴦自己鬧出去，饒是如此，還得了不是。

起海棠社的時候，黛玉曾做了一首清奇詭譎的詩：

半卷湘簾半掩門，碾冰為土玉為盆。
偷來梨蕊三分白，借得梅花一縷魂。
月窟仙人縫縞袂，秋閨怨女拭啼痕。
嬌羞默默同誰訴，倦倚西風夜已昏。

月窟仙人指嫦娥，有學者認為「縫縞袂」伏黛玉之死。嫦娥的典故我們從李商隱的名作中已經知道答案：「嫦娥[10]應悔偷靈藥，碧海青天夜夜心。」

《淮南子》記，后羿向西王母求得不死仙丹，妻子嫦娥卻偷取全部靈藥，食後飛升，托身於月宮，化為蟾蜍。大部分學者認為，美貌嫦娥化身蟾蜍，與西王母有關，應是受到了西王母的懲戒。

---

10 「嫦娥」一詞，亦有作「常娥」，即「常娥應悔偷靈藥」。

如果這首《詠白海棠》以月仙比黛玉，那麼拆散黛玉姻緣的更可能是掌握賈府權力的人，此人或許是高高在上的元妃，也可能是一直不喜黛玉的王夫人，但這樣的權力一定不屬於王熙鳳。只因《紅樓夢》是未完之文，並未明白交代何人指示了寶玉的姻緣，只能推測，是情勢發生了轉變，賈母、王夫人等重新考慮了寶玉的姻緣。

以「月窟仙人縫縞袂」認為伏筆黛玉之死，可作一解。黛玉之超逸脫俗，亦有月中仙子之風。縞衣，既可以說是喪服，也可說是素衣。在《詩經鄭風・出其東門》中，作者寫道：

> 出其東門，有女如雲。
> 雖則如雲，匪我思存。
> 縞衣綦巾，聊樂我員。

雖然美女多得如彩雲一般，我卻只想念那位衣著樸素的姑娘。因為只有這位姑娘，是作者的知己，跟她在一起，可以令人心情舒暢。如果我們如此再看「縞袂」，黛玉與寶玉是為知己，彼此惺惺相惜，卻未能結成姻緣。

也正是因為這首詩風格過於清奇，稻香老農李紈認為此詩終讓蘅稿，不如寶釵的「珍重芳姿晝掩門」

一首。寶釵以「胭脂洗出秋階影，冰雪招來露砌魂」表明志高心潔。兩首詩對比，始知釵黛之志不同，寶釵似乎更加符合世族大家公子之妻的世俗標準。然而就算「不語婷婷」，也仍未能抵擋家敗人散的命運。

因此，我們幾乎可以說，王熙鳳沒有助推甚至操縱金玉良緣的可能性。有讀者曾經指出，鳳姐為操辦寶釵的將笄之年生日大費周章。鳳姐曾問及賈璉，應如何為寶釵做生日，並且說「大又不是，小又不是」。從這句話可以明白看出，賈母待客之道，務求親戚顏面好看，乃世家慣常行事之風。鳳姐執掌家務，落到實處，她卻要思量，如何既符合賈母的要求，又不至顯得鋪張、逾矩乃至破費錢財。而賈璉的話則透露出更重要的信息，賈璉說：「往年怎麼給林妹妹過的，如今也照樣給薛妹妹過就是了。」可見，賈府往年裡，每年都會為林黛玉做生日，賈母對黛玉的寵愛可見一斑。此次為寶釵做生日可能是頭一次，反倒難住了鳳姐。

賈母為親戚的不過是臉面，例如她曾指出寶釵「雪洞一般」的閨房太過素淨，實在忌諱。提議為寶釵拿幾件庫房裡的古玩，添置家俬。提出的佈置包括三樣兒，石頭盆景兒、紗桌屏、墨煙凍石鼎。鴛鴦只說尚不知在哪處收著，賈母則表示「明日後日都使

得」，只別忘了。而瀟湘館的窗紗，賈母說這翠綠的窗紗舊了，應該置換，且瀟湘館已有翠竹，配以翠紗，顏色並不相稱。賈母笑向眾人解說何為軟煙羅，話還未了，鳳姐就早命人取來一匹了。足見黛玉在賈母心中的位置，豈有不立辦之理呢？

從關係上說，鳳姐確實與黛玉更親暱。一則黛玉自小兒來的，賈母晚年喪女，又素愛賈敏，黛玉自然是賈母的心頭肉；二則兩人都是有些真性情之人，寶釵說鳳丫頭牙尖嘴利，不及通文墨的顰兒詼諧戲謔得好，可見二人脾氣是投緣的。黛玉與寶玉因為清虛觀打醮鬧了彆扭，鳳姐一句「烏眼雞」逗笑了所有人。寶玉挨打，黛玉知道鳳姐來了，從後門溜走，也是因為鳳姐平日裡常會開二人的玩笑。

無論是從話語權的角度看，還是從個人的性格、釵黛的日常關係看，鳳姐都沒有助推金玉良緣的必要性。

八十回之後，《紅樓夢》的體系開始出現一些變化，這些變化使人難以將前八十回與後四十回有機聯繫在一起。

悵望千秋一灑淚，蕭條異代不同時。

賈母年邁，文字輩尚有賈政苦苦支撐，賈赦不堪，賈敬早亡。

寶玉已到婚期，賈母與王夫人自當充分考量孫媳、兒媳的人選，這一人選，關乎賈府未來的氣象與血脈。脂粉英雄老，紅杏倚浮雲。鳳姐曾是賈府的支柱，她掌家理政、盤算出入、操辦壽宴，月例銀米、人情往來、庫房進出、禮佛打醮，她親力親為、不畏辛勞，甚至斑衣戲彩，以娛賈母，實令賈府男子們汗顏。然而，寶玉成婚後，曾經叱吒風雲的鳳姐將退出執掌榮府的舞台，歸於賈赦府上，完成她的歷史使命。

寶玉的婚事有一段插曲。一個撈油水的門客，慣會兩面討好，為寶玉提親。不知哪個張家的小姐，竟想請寶玉入贅，自然被賈母駁回。八十四回，薛姨媽來賈府敘話，未語淚先流，言及金桂跋扈無禮，寶釵多有委屈。賈母說寶釵一向是識禮之人，且溫厚和平，心胸氣度，也是百里挑一之人。倘或誰家娶了做媳婦，公婆定是疼愛有加。其間並未言及金玉之說。

鳳姐在中途還因巧姐抱病離開了。然而，在張家小姐的提親被駁回之後，鳳姐突然提出「一個寶玉，一個金鎖」，此等說辭，十分突兀。八十五回黛玉病癒後，鳳姐探望，甚至還說出「相敬如賓」這樣的

話，顯是之前戲謔寶黛姻緣的延續。這兩處描寫十分矛盾，賈母也似乎在一夜之間，認定金玉良緣。僅僅因張家小姐提親，眾人便都轉而指向「金玉之說」，沒有任何值得信服的理由。

賈母曾問鳳姐，薛姨媽那日來作客時，為何不提金玉之說？鳳姐答言，老祖宗在，豈有小孩子插嘴的地方。此處確是實情。既然如此，為何在邢夫人、王夫人面前，卻主動提出寶釵與寶玉的姻緣，令人匪夷所思。

原著第八十四到八十五回中間有一段十分不自然的留白，沒有交代，為何賈母突然轉向金玉良緣。有學者認為，八十五回以《邯鄲記》中的《冥升》伏黛玉未嫁而亡，尚屬略通情理，暗合判詞與前文伏筆。此前元妃染恙，召進內眷，問寶玉乃是功課學問，未及其姻緣。九十五回時，元春暴病，及至賈府眾人趕到，只得見了一面，便外宮伺候，不多時，太監請欽天監，元春薨逝。其間並無旨意，指向寶釵與寶玉的姻緣。唯有此前元春賞賜，寶釵所得與眾姐妹不同，可算一伏筆。寶玉婚事，明文中王夫人等也無人暗示、威逼鳳姐。

元春薨逝時，恰逢寶玉丟玉。此次丟玉，暗示賈府氣數已盡。元春不僅為寶玉長姐，更為國之貴妃。

元妃薨逝不久，賈府即操辦寶玉婚事，大不近情理。彼時薛蟠身犯重案，尚未了結。寶釵成婚，亦不合常理。賈母為人，絕不至糊塗至此，且賈政聽聞賈母一番金玉之說，「原不願意」。如此種種，只言片語，難以拼湊出金玉良緣的全貌。其中部分細節，與前八十回之伏筆押韻合轍，整體卻失之凌亂。

「昔日橫波目，今成流淚泉。」黛玉淚盡而還，苦絳珠報恩神瑛侍者，忍悲含怨回歸離恨天。識寶釵卻不得不面對已近末世的賈府、永遠意難平的寶玉。作者到底是既憐詠絮才，又嘆停機德。

出浴太真冰作影，捧心西子玉為魂。

曉風不散愁千點，宿雨還添淚一痕。

寶玉丟玉，又失而復得，然賈府已近末世，金玉未必良緣。縱然寶釵是如此賢妻，卻始終不是寶玉的知己。賈府的實權者主持了金玉良緣，寶玉不得不捨棄「木石前盟」。當家人鳳姐尊令如是，猶如曾為寶釵做了那個「不大不小」的生日一樣，操辦了這場寡淡無情、不合禮數的婚禮。

第四章　薄命司内，萬艷同悲

侯門深深鎖二尤

為君一日恩，誤妾百年身。

寄言痴小人家女，慎勿將身輕許人！

——白居易《井底引銀瓶—止淫奔也》

尤氏姐妹皆美貌，寶玉曾為之忘形，曾評價二人：「真真一對尤物，他又姓尤。」二尤為尤氏之繼母與前人所生，一入賈府，便落入賈珍之手。「淫必傷情」，二姐為賈二捨吞金自盡，三姐為柳二郎橫劍自戕。

溫柔和順的尤二姐，賈璉見之難忘，賈蓉在側慫恿，偷娶二姐，安置於別府偏巷。賈璉一沒有稟告父母，二沒有告知鳳姐，只將積攢多年的體己，一並交與二姐，意圖「停妻再娶」。

尤三姐說：「偷的鑼兒敲不得。」此言不假。

二姐卻貪戀賈璉的軟語溫柔，為數月的「夫妻之恩」，受惑於鳳姐的花言巧語，賺入大觀園，受盡欺辱後吞金自盡。賈璉不過浪蕩公子，一時動情，尤二姐卻自以為終身有靠。鳳姐素日雷霆手段，反觀二姐，則是心活面軟之人。家下人等中，有那見風使舵

第四章　薄命司內，萬艷同悲

之徒，自以為璉二爺得了位賢良的「新二奶奶」，伺候得宜，日後便有多少好處。

惜哉俗態好蒙蔽，亦如小臣媚至尊。

外宅下人殷勤，鮑二夫婦如一盆火，奉承尤老娘與三姐。賈府下人討好賈璉，瞞天過海，得些好處。賈璉私心，鳳姐有疾，只等一死，便接二姐入府。此時二姐已被豐足衣食、甜言蜜語所惑，自然是稱願。尤老娘只看女兒頭上身上，穿戴已非昔日家常之物，縱然不如賈蓉口中那般奢華，也算遂了心意，豈有不依？唯有三姐心明眼亮，二姐如此，藏身於外宅，無名無分，所有承諾，不過賈璉信口而來，一日事發，二姐是良善可欺之人，必不得善果。

賈璉本是一夕風流，與二姐相處數月，卻動了長久心思。賈敬喪儀繁複，中間又夾雜數件急差，賈璉日日與賈珍父子一處，只看賈珍等人，家中賢妻美妾，流連在外，亦無人管束。鳳姐是賈璉口中的「夜叉婆」，別說旁人，只是平兒，偶爾在一處，鳳姐仍要「念經」。賈璉本是紈絝公子的性子，又兼風流成性，卻處處受制於鳳姐。兩相比較，尤二姐美貌而恭順，賈璉怎能不動心呢？

魯道有蕩，齊子庸止。既曰庸止，曷又從止？

蓺麻如之何？衡從其畝。取妻如之何？必告父母。

——《詩經·齊風·南山》

《詩經》中的這首《南山》，為刺齊襄公與妹文姜私通，其行為不符合周禮。娶妻如之何？必告父母。賈璉偷娶尤二姐，既未稟告父母，更在國喪家孝當中，瞞天過海。淫而亂智，賈璉所為，如被他人抓住把柄，恐怕又要被參上一本了。

二姐、三姐與賈珍、賈蓉父子本有聚麀之誚。二姐愚懦，自認有了淫奔之名，唯恐賈璉不屑為妻。賈璉反寬慰二姐，前事已經盡知，不必驚慌。更讚二姐之美貌，遠勝鳳姐，二姐自然甘願。情到濃時，賈璉竟答應為三姐擇一良人，收了冷二郎的定禮，似是三姐明公正道的姐夫。

詩書舊族，娶親納妾，自有定例。賈璉明知不可為而為之，一日事發，鳳奶奶霹靂手段，「作威作福、用剛用柔」，脂批以鄭莊、魏武比之，稱鳳姐鬧寧府「情有可恕」，賺二姐「法不容誅」。而究其原委，若璉二爺潔身自持，不見色起意，不聽人挑唆，何至生出此等念頭呢？若鳳姐既無耳目，又無手段，豈非

真是一日身死，都不知丈夫已有新人在側？

　　二姐初入賈府，鳳姐假意好言相待，甚至於做小伏低。鳳姐自然知道侯門規矩，帶二姐過了明路，表面上相安無事。李紈、迎春等眼拙，自以為鳳姐好意。寶黛一干人，卻深為二姐憂慮。細細想來，若是三姐未亡，又怎能容許阿鳳將二姐玩弄於股掌之間呢？

　　兔死狐悲，物傷其類。

　　賈璉偷娶二姐，閨閣小姐恐難參其詳，太太奶奶們則深感畏懼。鳳姐言語遮掩，又何曾瞞過眾人之眼呢？偷娶非納妾可比，鳳姐這樣剛強，賈璉仍有心以二姐取而代之，太太奶奶們見了，自然心驚不已。鳳姐知道侯門貴婦所慮，三言兩語便撩撥起眾人不忿之心。

　　不過數日，賈府便有了二姐的流言蜚語，二姐既有前約，豈能隨意許人？賈璉與二姐未行禮時便偷期私會，此等秘聞，一般人唯恐避之不及，鳳姐卻反其道而行之，有意張揚，不過令二姐名譽掃地，好欺辱作踐。二姐被鳳姐哄騙，住在園內，外事一概不知，鳳姐又威逼家下僕役，若有將此事說與賈璉的，嚴懲不貸，此事便由得鳳姐一手遮天，二姐便再無立足之地了。

眾人以為二姐標致，慕賈府之家資而已，再想二姐早與賈珍有舊，又與張華有約，自然以為是淫奔之流。賈璉回別府一看，便知不好，及待到家，鳳姐卻滿面春風相迎，不曾有慍色。賈璉色心又起，以為鳳姐可欺，索了秋桐過來，正好讓鳳姐借劍殺人。鳳姐表面仁善，背地裡使秋桐、善姐等人作踐尤二姐，弄得尤二姐進退兩難。待要發作，鳳姐於明處實無任何不好之處，更兼身懷有孕，又遇庸醫，賠上一條性命。

尤三姐慧眼，早知賈珍、賈璉之流浪蕩紈絝，在外不過拿尤氏姐妹當粉頭取樂。淫必傷情，情必戒淫。三姐為情斷淫，斷簪為誓，非禮勿動，非禮勿言，果真淫斷之處生真情，不料冷二郎卻是絕情之人。柳湘蓮，本世家子弟出身，寶玉說他「萍蹤浪跡」，賈璉說他「冷面冷心」、「無情無義」。因讀書不成，父母早喪，酷愛耍槍弄棒、賭博吃酒、吹笛彈箏，時而串戲，且都是生旦戲文。湘蓮表面觥籌交際之人，內裡卻是個不折不扣的「冷郎君」。

柳湘蓮相貌不俗，素性爽俠，頗投三姐的緣法。三姐性情，頗具俠氣，素以為湘蓮與寶玉是投契之人，只道是痴心以待，必得善果。

侯門似海鎖紅顏，秘事如煙羞難見。

寶玉對柳湘蓮說，你原說要一個絕色的，如今既

得了絕色的，何必再疑？世家子弟冷郎君何許人？一點即明。寧國府聲名狼藉，常在府上走動的柳湘蓮自然知道，便認定東府再無干淨之人。殊不知，三姐性情，是為「情剛」。其淫情浪態，惹得珍璉等不禁去招她一招，又畏懼她潑辣性情，一番奚落，珍璉二人竟無一個再敢開言，剛烈之情，只有橫劍自刎時，湘蓮方知其真。

夢中本是傷心路。芙蓉淚，櫻桃語。
滿簾花片，都受人心誤。

情小妹恥情歸地府，鴛鴦劍秋水斬鴛鴦。冷郎君自幼失怙，世態炎涼，不如縱情江湖，隨心所欲。禮法森森，柳湘蓮賭博飲酒、串戲彈箏，更是眠花臥柳，無所不至，恐早無族內長輩照料。「謂他人父，亦莫我顧。」既然如此，不如孑然一身獨往來。「揉碎桃花紅滿地，玉山傾倒再難扶。」柳湘蓮扶棺痛哭，此等「剛烈賢妻」，能濃妝艷抹、凌辱群凶，亦能吃齋念佛，辨寶玉、識湘蓮。

湘蓮夢中，三姐攜劍而來，「來自情天，去由情地。前生誤被情感，今既恥情而覺，與君兩無干涉。」冷郎君夢醒警覺，頓然醒悟，方知一時愚魯，誤了三姐，也誤了自己，只隨跛足道人飄然而去。

柳湘蓮乃是俠風仙骨之人，恐怕心內自認是個超脫不羈之人，卻仍為世俗聲名所累。這世間，又有幾人能真正超脫於世俗之外呢？不過是「昨憐破襖寒，今嫌紫蟒長」，痛失「賢妻」，才知所愛難得。

那二姐本是「花為腸肚，雪作肌膚」之人，幾番折磨，已生了求死之心。夢中卻見三姐捧劍而來，勸二姐斬了妖婦，同歸警幻案下。二姐不應，姊妹兩人，感嘆自己德行有虧，當有此報。侯門骯髒地，尤氏雙姝，皆毀於此。

然此時必有一問。賈珍賈蓉之流，不念人倫，父子聚麀。天道好還，不應有報？

> 胡為乎株林？從夏南！匪適株林，從夏南！
> 駕我乘馬，說於株野。乘我乘駒，朝食於株。
> ——《詩經·陳風·株林》

陳靈公與二大夫與臣子之母夏姬私通，其事朝野盡知，靈公不僅不加收斂，更肆無忌憚。夏姬之子設伏刺之，陳國內亂。《詩經》尚存《株林》一篇，諷刺陳靈公荒淫誤國。賈氏一門敗落，豈是二尤之禍？

秦可卿的情與淫

情天情海幻情身，情既相逢必主淫。

漫言不肖皆榮出，造釁開端實在寧。

在秦可卿的判詞當中，有兩個題眼，一個是
「情」，一個是「淫」。紅樓大旨談情，談情之中也
在「辨淫」。「考試」過賈府上下的多姑娘兒，自以
為寶玉好淫，與賈璉、賈珍、賈蓉等人無異，卻不見
寶玉與晴雯苟且。多姑娘兒說，可見人的嘴是一概信
不得的。一語點出「情」與「淫」的真假虛實。

可卿閨名，賈府人皆不知，只呼其為秦氏。秦氏
生得裊娜纖巧，行事溫柔和平，是賈母重孫媳中「第
一個得意之人」。秦氏之父秦業，任營繕郎之職，秦
氏乃是秦業早年無兒無女時向養生堂抱養而來的。彼
時秦業抱養的是一兒一女，兒子早夭，女兒秦氏，小
名兒喚作可兒。其父官職不高，因與賈府有些「瓜葛」
而結親，秦氏生得形容婀娜，性格風流。此等容貌性
情，自然逃脫不了「情」與「淫」的困擾。

因東府梅花盛開，尤氏於寧府設宴，請賈母、王
夫人、邢夫人等賞花。雖是女眷家宴，卻有寶玉。一
時，寶玉困乏，賈母素知秦氏是個極妥當的人，見她

安排寶玉午睡，自是安穩。

「世事洞明皆學問，人情練達即文章。」秦氏最初之安排，的確妥當。一副神仙勸學的「燃藜圖」，一副登科入世的好對聯，正觸了賈寶玉的霉頭。秦氏無法，只得引寶玉去自己房裡，一入此屋，一縷甜香，正是引人入夢的前奏。

香從靈堅隴上發，味自白石源中生。
為公喚覺荊州夢，可待南柯一夢成。

黃庭堅的詩，講的是南柯夢的故事。古時，南柯一夢也好，黃粱一夢也罷，都是讀書人所盼望的登科高中、金榜題名、為官做宰、招贅東床。而寶玉的夢，卻與眾不同。

在寶玉的夢中，警幻仙姑帶他閱判詞、聞新曲，賞群芳之髓，品千紅一窟，飲萬艷同杯。又將警幻仙姑之妹許配與寶玉，令他領略閨閣柔情，改悟前情，留意於孔孟之間。此女是何樣貌？鮮艷嫵媚，有似寶釵，風流婀娜，則又如黛玉。乳名兼美，小字可卿。

神女生涯原是夢，小姑居處本無郎。

這段奇幻文字，在歷來中國文學當中，聞所未聞，見所未見。古往今來之女子，在傳統價值觀當

中，無非是聖女與淫女。《紅樓夢》則不同，太虛幻境之中，男子為鬚眉濁物，天下女子按等而分，擇其緊要者，有簿冊錄之。自有美貌仙姑，司人間之風情月債，掌世間之女怨男痴。何等奇幻？為何會有此奇思妙想？都是為了一個「情」字。既要識「情」，須得辨「淫」。

警幻有言：「吾所愛汝者，乃天下古今第一淫人也。」並向寶玉辨淫，所謂「淫雖一理，意則有別」，寶玉天分中的一段痴情，是為「意淫」。此處點題一般，提出「情」與「淫」的關係，且僅可心會而不可口傳，可神通而不可語達。

何為「意淫」？實在是個怪詞。儒教畏懼一個「淫」字，寶玉初聞此評，便嚇得不知如何是好。

> 南有喬木，不可休思。漢有游女，不可求思。
> 漢之廣矣，不可泳思。江之永矣，不可方思。
>
> ——《詩經·周南·漢廣》

自是少年慕美女，正是人所共有的情感。然而，有的學者卻認為，《漢廣》之游女不同於《關雎》之淑女，不合周禮、不媒不聘之追求，具屬淫奔之流。可見，有何種思維，就會對事物有何種解釋。以「淫」害「情」，以「情」遮「淫」，皆是以假亂真之舉。

寶玉為何能進入這樣的夢境？寶玉遠離那幅《燃藜圖》，到了可卿的臥房。「嫩寒鎖夢因春冷，芳氣籠人[11]是酒香」。這幅對聯中間，是唐寅的《海棠春睡圖》。寶玉放眼看去，有如今日蒙太奇的手法，幾位極具爭議性的女性「用過的物品」，以障眼法的方式，被巧妙安排在可卿的臥房當中。其中有：武則天當日鏡室中設的寶鏡，趙飛燕立著舞過的金盤，安祿山擲過傷了太真乳的木瓜，壽昌公主的寶榻，同昌公主的連珠帳，西施浣過的紗衾，紅娘抱過的鴛枕。

　　駱賓王曾撰討武曌檄文，稱武則天「入門見嫉，蛾眉不肯讓人；掩袖工讒，狐媚偏能惑主」。「螓首蛾眉」，自古是褒揚美人的句子，美貌本無罪，卻能生嫉。美貌而「狐媚」，有如楚王之寵妃鄭袖，工於讒言，陷害魏女。

　　綏綏白狐，九尾龐龐。成於家室，我都攸昌。

　　這首佚名古詩《塗山歌》，據學者考證，反映的是治水的大禹和女嬌成親的祥瑞之兆，白狐從容，九尾豐盈，姿態優美。「狐媚」的武則天若也具有「狐性」，恐怕對李唐亦有祥瑞之兆。

　　飛燕與玉環，世人以為是成帝和明皇敗國的「根

11 「籠人」一詞，亦有作「襲人」，即「芳氣襲人是酒香」。

源」，西施則是蠱惑夫差的「罪魁」。人多謂班婕妤賢良，為女德表率；趙飛燕妖媚，是惑國之禍水。楊玉環本為壽王妃，「天生麗質難自棄，一朝選在君王側」，卻落得紅顏委香土的命運。「朝仍[12]越溪女，暮作吳宮妃」，西施本是越國女，卻成為傾覆吳國的棋子。

> 冀馬燕犀動地來，自埋紅粉自成灰。
> 君王若道能傾國，玉輦何由過馬嵬。

> 家國興亡自有時，吳人何苦怨西施。
> 西施若解傾吳國，越國亡來又是誰？

李商隱和羅隱的詩句，一針見血，點破世人為敗國君王卸責脫罪的醜惡。明皇重色廢朝政，用奸佞、遠良臣，危機四伏而渾然不知，始有馬嵬驛之敗。闔閭殺堂兄、奪皇權，夫差棄子胥、信讒言，終致亡國。

榮寧二府因何而敗？安富尊榮者盡多，運籌謀劃者無一。賈敬既承祖蔭，又登科第，卻痴迷仙道，將寧府的天下交給賈珍。「造釁開端實在寧」，這個罪責，非可卿所應承擔。借寶玉之夢，警幻之口，辯濫淫與意淫，始知禍患之根本，在賈府子弟。

---

12 「仍」字，亦有作「為」，即「朝為越溪女」。

世人以「情」掩蓋「淫」的本質，「悅容貌，喜歌舞，調笑無厭，雲雨無時，恨不能盡天下之美女供我片時之趣興」。這是世俗人等所謂的「情」，不過是虛情假意、投其所好而已，所以「假情」相逢必主「濫淫」，如珍蓉之輩，薛蟠之流。

如此觀之，「真情」相逢則為「意淫」。分辨何為假情，何為真情，便知何為濫淫，何為意淫。只因意淫不可言傳，只能意會，所以往往假作真時真亦假。

賈珍之濫淫，並非密不透風。可卿的臥房，鮮艷明媚，甜香引夢，並不符合一個舊時代在道德上、情慾上「自我閹割」的正妻的房間陳設。東府裡早有可卿和賈珍的「風聞」。這些擺設才是實筆，用來呼應那些掩人耳目的說辭。現實中的可卿捲入了警幻所言的「淫」，是賈珍之濫淫。可卿喪禮隆重，賈珍「盡其所有」、「恣意奢華」，而後心滿意足。蒙側批言，賈珍的非禮之談，無可掩飾。

紅樓大旨談情，「情」卻具有複雜性和多變性。曹雪芹所談之情，跳脫出話本文學中「情」的教化功能。寶玉在太虛幻境中與「可卿」相悅，始於「悅色」，柔情繾綣，軟語溫存。然而，繼續沉溺於此，便會墮入迷津，深不見底，無舟楫可渡。因此「情」

可謂「淫」的障眼法，「情」可生「淫」，「淫」亦可以生情。「情」與「淫」乃是辯證存在，情難辨真假，淫而無度，卻可墜入迷津。

《太平廣記》有載，明皇夜遊廣寒宮，「露下霑衣，寒氣逼人」，抬頭所見，是六個大字，「廣寒清虛之府」。桂樹之下，白衣仙女，或乘白鷺而舞，或持樂器奏樂，既不招待，也不驚異，「吹的自吹，舞的自舞」。與太虛幻境何其相似。明皇記下《霓裳羽衣曲》傳於玉環，縱然有情，難掩其重色誤國之失。

> 蓬萊池上望秋月，無雲萬里懸清輝。
> 上皇夜半月中去，三十六宮然不歸。
> 月中秘樂天半聞，丁鐺玉石和塤篪。
> 宸聰聽覽未終曲，卻到人間迷是非。
>
> ——鄭嵎《津陽門詩》

明皇夜半月中去，品仙曲，聞密樂，卻仍參不透世間的真假是非。明皇以天寶盛世為真，八面威風，唐王朝卻已然危機四伏。如同警幻之言：「痴兒竟尚未悟！」馬嵬驛賜死楊太真，並不能挽回李唐王朝走向衰敗的命運。

可卿雖身陷「濫情」，卻不失真情。可卿有悔，她自然知道賈府之敗，或早或晚，已非人力所能挽

回。一日落敗，賈府便枉稱一世詩書大族。因此，她托夢於鳳姐，將賈府之敗、運籌之事委於鳳姐，寄望於這位「脂粉英雄」能夠急流勇退，為家族尋一方退步抽身、安身立命之所。

然而可卿的真情，並沒有警醒鳳姐與賈府眾人。喪禮未完，鳳姐在鐵檻寺弄權，秦鐘在饅頭庵尋歡。賈珍傾其所有置辦喪儀，不過多時，便姬妾環繞、父子聚麀、開局聚賭，何愁家業不敗？賈璉於伯父喪期偷娶尤二姐，而芹、薔等輩，為元春省親的「烈火烹油」之事上下打點、尋機斂財。

警幻以密樂、佳釀、「可卿」相授，提醒寶玉，也是提醒世人，不要誤入迷津，須得回頭是岸。可卿以夢托於鳳姐，警示鳳姐「瞬息繁華，一時歡樂」，人力不可永保無虞。然而世間紛雜迷人心，賈府敗落，已成定局。

可卿迷失於「淫」，卻不失其「情」，她的悲劇，是舊時代女性的共同悲劇。她留下的「警示」，則是世人皆易沉迷之真假是非。

天外仙客薛寶琴

月出皎兮，佼人僚兮。

舒窈糾兮，勞心悄兮。

——《詩經‧陳風‧月出》

寶琴之美，猶勝寶釵，短暫的到訪，卻引來一場詩情畫意的青春盛宴。因聘嫁給梅翰林之子，寶琴與兄長薛蝌一同進京。初到賈府，就引起一場小小的「轟動」。據俏丫鬟晴雯說，寶姑娘的妹妹、大太太的姪女兒和大奶奶的兩個妹妹，像「一把子四根水蔥兒」。探春則對襲人說，寶琴的容貌冠絕，「連他姐姐並這些人總不及他」。

因家中一下子來了數位美人，寶玉心神蕩漾，又著了瘋魔。寶玉說寶琴之美形容不出，直感嘆老天，有多少「精華靈秀」，生出這些「人上之人」。連平日裡賈府三春、釵黛姐妹皆略顯失色。賈母喜贈鳧靨裘，與寶玉的雀金裘呼應生輝，琉璃世界，白雪紅梅，翩然嬉鬧，天外仙子，人在畫中。

寶琴到賈府的時候，正是賈府諸美所起的詩社興旺之時。香菱為入詩社，拜師黛玉，讀詩寫詩，廢寢忘食。終於得了一首：

精華欲掩料應難，影自娟娟魄自寒。

一片砧敲千里白，半輪雞唱五更殘。

綠蓑江上秋聞笛，紅袖樓頭夜倚欄。

博得嫦娥應借問：緣何不使永團圓？

　　香菱本是詩書仕宦家的小姐，因一場上元節的花
燈，被拐他鄉，寄人籬下做了丫鬟。她愛書愛詩，氣
質嫻雅，寶釵說香菱為作詩瘋魔了。香菱則說，若是
這首詩「還使得」，就接著學，若還不好，便「死了
這作詩的心」。脂批有言，「方是才人『語不驚人死
不休本懷』。」

　　寶琴年輕心熱，又善詩文。到賈府不久，就知道
賈府諸位业非「輕薄脂粉」，更是真心相交。如文人
雅士結交朋友一樣，「區區」小女子，也通文墨，也
有情懷，不喜「輕薄脂粉」，與自幼讀書識字的姐妹
投契。

　　寶琴的到來，如《詩經》中的「月下佼人」，明
媚鮮妍，仙姝落凡。特別是寶玉，聽說王夫人被賈母
逼著認了寶琴做乾女兒，喜出望外。又聽聞湘雲也要
前來小住，算上寶琴、李綺、李紋、岫煙等天外仙客，
一共十三人，大觀園裡熱鬧非常。好詩好文，鹿肉美
酒，脂粉香娃，名士風流。

寶琴的到來，將大觀園的盛景推上巔峰，脂批稱是「大手筆」。而寶琴上京的目的，書中則寫得十分明確，聘嫁都中梅翰林之子。寶琴為薛蝌胞妹，薛蝌為薛蟠從弟，寶琴已欲入京聘嫁，薛蝌的婚事尚未被提及。薛蝌寶琴兄妹趕到都中，梅翰林家正在外任，合家無人迎接。薛蝌尚是聽說鳳姐弟弟王仁進京，一同而來，有取便之意。

　　薛家為戶部掛名行商，薛蝌寶琴兄妹與薛蟠寶釵兄妹是曾祖相同的同族兄弟姊妹。據薛姨媽所言，薛蝌寶琴之父生意遍布各省，可見寶琴亦出身商人之家。寶琴的婚事，是薛蝌父親在京時定下的。梅門是翰林，自然是士紳之族，即使是寒門出身，只要科第高中，便自然有人奉承。

　　《儒林外史》當中的範進，僅是中舉，便有人送田產、店房，更有人投身為僕。足見宋明以來士紳階層的社會地位。他們往往能在稅收、仲裁等方面蔭蔽他人，其社會地位也足以為宗族、姻親和其他關係親密者牟利。薛家雖是皇商，也是個讀書人家，寶釵對黛玉所言非虛，從寶琴的知書達理，也能看出家族的教養。因此，薛家更願意與士紳、貴族結親。

　　寶琴不止通曉詩文，還遊歷甚廣。因父親各處皆有生意，「天下十停走了五六停」，父親在都中時，

已經許了梅家。因賈母問及寶琴的生辰八字，恐有為寶玉求配之意，薛姨媽便將此一節說與賈母、鳳姐等人。若是細看賈母之意，雖贈送了「金翠輝煌」的鳧靨裘，卻逼著王夫人認了乾女兒，便是駁回了寶琴與寶玉婚配的可能。問及年庚八字、家內景況，乃是見寶琴生得氣質不俗，賈母愛才，倘或未許人家，或許可為之謀劃。

賈母看薛蝌帶著寶琴，與王仁一道，取便入都中，便略知其家族恐怕並不興旺，經濟上恐有些許難處。寶琴的父親已於三年前去世，寶琴薛蝌遠道而來，梅家無人接應，這一紙婚約是否能履行，恐尚有變數。薛蝌與寶琴一來，直接住下，李紋李綺並母親則是再三推辭，可見都中唯一可投的親戚就是薛姨媽所住的賈府別院。賈母見寶琴年紀小，眼明心熱，又是這樣的境遇，只恐怕委屈了她。因薛姨媽一直住在賈府，既是尊客，也是王夫人的至親，送一件貴重的見面禮，正是世家大族的禮數。

連一向有識量、有見地、懂世故的寶釵都忍不住開玩笑說：「你也不知是哪裡來的福氣。你倒去罷，仔細我們委屈著你。我就不信，我那些兒不如你？」紫鵑也風聞寶琴姑娘為賈母所重，是為寶玉定下的親，而賈寶玉的說法十分明確，寶琴是許給梅翰林之

子的，不日即將完婚。

從世俗的眼光來看，薛寶琴的出現，似乎是為了加重寶玉婚事的懸疑，從黛玉的前世姻緣，到湘雲的兩小無猜，還有寶釵的舉案齊眉，現在又來了一位天外仙姝。而這位天外仙姝，出場時多麼明媚鮮妍，落幕是就有幾多無奈。正是黛玉《葬花吟》當中所唱，「明媚鮮妍能幾時？一朝飄泊難尋覓」。恰如寶琴的身世、家境的變遷，都藏在那十首懷古詩當中。

薛小妹新編的十首懷古詩，前八首為赤壁、交趾、鍾山、淮陰、廣陵、桃葉渡、青冢、馬嵬驛，都於史上可考。而後兩首蒲東寺和梅花觀則是寶琴杜撰。寶釵指出後兩首無出處，可以另做。黛玉、探春、李紈等人則認為，民間、戲文有傳播的，自可以入詩，不必拘泥。

蒲東寺為《會真記》[13] 中的「古蹟」，梅花觀為《牡丹亭》中的「古蹟」。史太君兩宴大觀園時，黛玉行酒令，脫口而出「良辰美景奈何天」，寶釵事後便指出，黛玉一個閨閣女兒，滿口說的卻是不該讀的書。今見寶琴以「蒲東寺」、「梅花觀」入詩，寶釵自然要教導一番。

---

13 本書除寶黛共讀《西廂記》處稱《西廂記》外，其餘統一稱為《會真記》，暫不討論其與《西廂記》的異同。

寶琴為何要以兩處「假古蹟」加入到八處真古蹟當中，湊成十首懷古詩呢？她在作詩前如是說：「我從小兒所走的地方的古蹟不少，我如今撿了十個地方的古迹，做了十首懷古詩。詩雖粗鄙，卻懷往事，又暗隱俗物十件，姐姐們請猜一猜。」

　　寶琴曾隨經商好樂的父親遊歷名山大川，薛姨媽曾言「這一省逛一年，明年又往那一省逛半年」，所遊歷過的古蹟，遠不止十處。但寶琴在「撿」十地古蹟的時候，卻以《會真記》、《牡丹亭》中的古蹟充入兩處，正應了「詩雖粗鄙，卻懷往事」這句看似謙辭的話。謙辭詩文粗鄙是面子，懷念往事才是寶琴的心聲。

　　以寶琴的才貌，自幼被父母嬌養，薛父不僅給了寶琴好的物質生活，更帶女兒遊歷山河，增長見聞。寶琴不過十五，就已經出落得優雅大方，讀書識字，吟詩作賦，雖是女兒，卻有男兒的閱歷。這樣的日子，有多麼美好，對一個已經失去父親，隨兄進京，不日即將嫁做人婦的女兒來講，是多麼值得懷念！寶琴知道蒲東寺、梅花觀，必是看過《會真記》、《牡丹亭》，或是看過戲文，可見薛父生前並未對女兒嚴苛管教，更沒有用俗禮束縛女兒的身心。往事不可追，未來的

日子，寶琴成為人妻、人母，永遠不會似父親身邊的小女孩一樣，無拘無束，揮灑才情了。

> 小紅骨賤最身輕，私掖偷攜強撮成。
> 雖被夫人時吊起，已經勾引彼同行。
> ——《蒲東寺懷古》

> 不在梅邊在柳邊，個中誰拾畫嬋娟？
> 團圓莫憶春香到，一別西風又一年。
> ——《梅花觀懷古》

與賈府諸艷剛剛相識，寶琴自知她們不是凡俗之人。知音難得，知己難覓，雖是與黛玉、湘雲等初識，卻知她們不是矜驕跋扈的大小姐。因此，初見之時，寶琴便大方展示了自己的才華，而且大方寫下「不在梅邊在柳邊，個中誰拾畫嬋娟」這樣的句子。寶琴的表現，毫無俗世中世家貴女的虛偽客套，更像是天外來客般的逸士高人。她的出場，是一個明媚少女，她的未來，是未可預知的婚姻。她入京都的目的，確是聘嫁梅家，未來的她，失去父親的照拂，將獨自在都中走完自己的下半生。

寶琴短短三個回目的出現，從懷古詩中的靈氣灑脫，到賈母們口中議論的八字姻緣，好似女兒一生

的縮影。而薛小妹的十首懷古詩，更像是十首對青春歲月的致敬和惋惜。詩中的寶琴，是過去那個無憂無慮、明媚活潑、才情出眾的薛小妹，而現實中的寶琴，父親去世、母親病重，長兄未娶、投奔親戚，未來何許光景，非寶琴可以預想。

繁華轉瞬即逝，青春更加短暫。十五六歲的年華，一日嫁做人婦，便不得不在籌謀算計中度過一生，人不想身染凡俗，但卻不得不為凡俗所染。寶玉說，女兒如明珠，一日嫁人便失去光彩，生活磋磨，竟成了魚眼珠。寶琴的到來，好似在瞬息之間，讓人閱盡女子的一生。從文采精華的美麗少女，到凡塵俗世的仕宦人家婦人，最終是晚來韶華，或是落紅逐水，不過女子皆苦的命運。

梅花詩的競賽中，寶琴寫下：

疏是枝條艷是花，春妝兒女競奢華。
閒庭曲檻無餘雪，流水空山有落霞。
幽夢冷隨紅袖笛，遊仙香泛絳河槎。
前身定是瑤台種，無復相疑色相差。

而寶玉在湘雲「一鼓絕」的催促下，也有了神來之筆：

酒未開樽句未裁，尋春問臘到蓬萊。

不求大士瓶中露，為乞嫦娥[14]檻外梅。

入世冷挑紅雪去，離塵香割紫雲來。

槎枒誰惜詩肩瘦，衣上猶沾佛院苔。

　　無論是紅梅還是流水空山、紫雲、佛院，都是高潔的象徵。這是寶玉這位神瑛侍者與天外仙客薛小妹的互相致禮。這場青春作別，場景在蘆雪庵，集齊了大觀園最鍾靈毓秀的十幾個女兒，由薛小妹帶領大家完成了一場共同的青春完結儀式。青春是那麼短暫，古時猶是。賈母也好，王夫人薛姨媽也好，他們是歷經世事的「老手」，表面上是他們在見禮酬答，筆墨卻扎扎實實地落在女兒們的青春讚歌之上。

---

14 「嫦娥」一詞，亦有作「嫦娥」，即「為乞嫦娥檻外梅」。

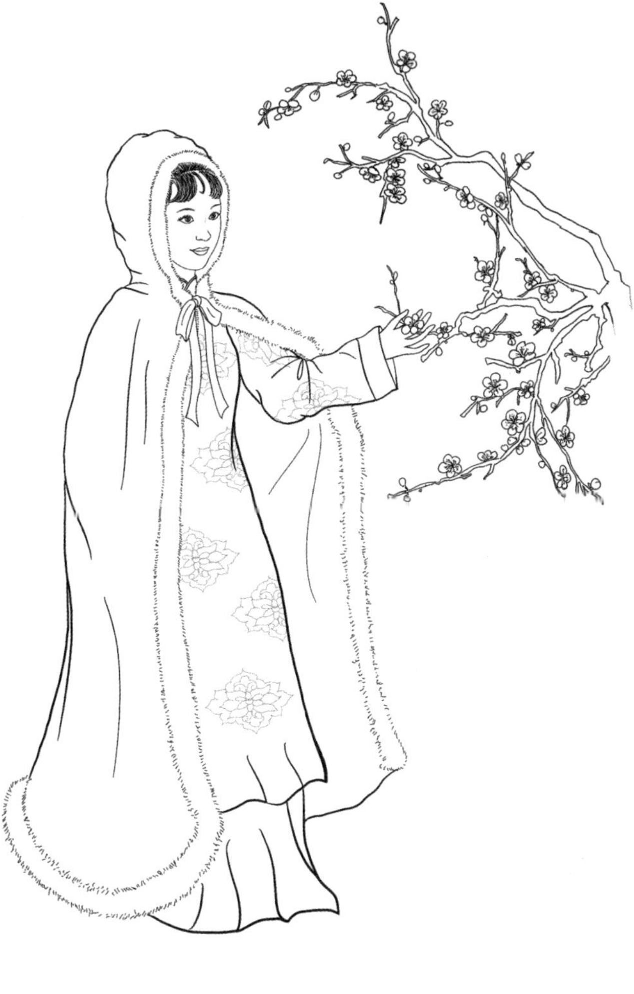

第四章　薄命司內，萬艷同悲

湘雲的才貌仙郎何在？

> 小風疏雨蕭蕭地，又催下、千行淚。
> 吹簫人去玉樓空，腸斷與誰同倚？
>
> ——李清照《孤雁兒》

　　湘雲是十二釵當中的「霽月風光」，明媚、純淨，具幽蘭之品，稟桃李之姿；才思敏捷，寬宏大量。她家族顯赫，卻年幼失怙。悲痛與壓力，不僅沒有讓她自怨自艾，反倒灑脫自在。她在大觀園中起詩社、辦酒席，品月連句、燒肉對詩。通詩文、曉哲理，著男裝、行酒令，真名士、自風流。

　　湘雲的判詞說「湘江水逝楚雲飛」，可見彩雲易散，好景難留。而在紅樓夢十二曲《樂中悲》裡，對湘雲的命運有著這樣的啟示：

　　襁褓中，父母嘆雙亡。縱居那綺羅叢，誰知嬌養？幸生來，英豪[15]闊大寬宏量，從未將兒女私情略縈心上。好一似，霽月光風耀玉堂。廝配得才貌仙郎，博得個地久天長，准折得幼年時坎坷形狀。終久是雲散高唐，水涸湘江。這是塵寰中

---

15 「英豪」一詞，亦有作「英雄」，即「英雄闊大寬宏量」。

消長數應當，何必枉悲傷？

可以看出，湘雲應是曾得一位品貌相當的公子，堪為終身伴侶，卻因種種原因，未能攜手終老。在書中有一些障眼情節，最著名的莫過於「因麒麟伏白首雙星」。庚辰本二十六回畸笏叟側批稱，少了衛若蘭射圃，概因原稿遺失。庚辰本三十一回脂批稱，衛若蘭射圃佩戴之麒麟，正此麒麟（寶玉所遺失的麒麟）也。一些研究者據此認為，湘雲與衛若蘭有姻緣。

在三十一回處，確實提到了湘雲的親事。湘雲自幼失去雙親，在叔叔嬸嬸處寄人籬下，賈母疼惜，時常接過府小住。此時，湘雲的嬸娘已為湘雲安排了一門親事。

當時是端午前後，天氣已經十分炎熱，湘雲還穿著好些衣服，見王夫人問，答言是嬸嬸吩咐的。王夫人說：「前日有人家來相看，眼見有婆婆家了，還是那麼著？」可見，當時史家已提及湘雲的婚事，為求「嚴謹」，要她穿得嚴嚴實實，全然不顧天氣炎熱。史侯府是湘雲的叔叔嬸嬸當家，湘雲一月所得，不過幾吊錢月例，尚要自針自縫。湘雲邀詩社時一時豪氣做東，卻囊中羞澀，都明白反映了湘雲的處境。

玩笑間，寶釵提及，湘雲喜歡穿男裝，更喜歡

穿寶玉的衣裳，「他再不想著別人，只想寶兄弟。」賈母一改往日與孫子孫女說笑玩鬧的性子，正色肅然道：「你們如今大了，別提小名兒了。」

同居長乾里，兩小無猜嫌。

湘雲不將兒女私情略縈心上，喜歡跟寶玉、黛玉、寶釵等兄弟姊妹們玩笑。她曾穿著寶兄弟的衣服，在燈下逗賈母玩笑，自然是頑皮天真的性格。湘雲年幼，卻已在相看，等待出閣，嬤嬤對其規束，似不近人情，賈母自然不悅。

然事有轉機。從端午到隆冬，再到轉年的中秋，無人再提及湘雲的親事。湘雲端午節來賈府時，襲人給湘雲道喜，湘雲提起襲人從前服侍她，念及自己無父無母無兄弟姐妹的境況，不覺紅了眼眶。對於嬤娘的「勸嫁」，湘雲可能並不中意，此人也未必就是判詞中的「才貌仙郎」。「因麒麟伏白首雙星」，這一回目似乎指向明朗，卻因為主要的批語遺失，難尋脈絡。

湘雲曾感嘆道：「花草也是同人一樣，氣脈充足，長的就好。」並且據此分析了一番陰陽。「天地間都賦陰陽二氣所生，或正或邪，或奇或怪，千變萬化，都是陰陽順逆。多少一生出來，人罕見的就奇，究竟

理還是一樣。『陰』『陽』兩個字，還只是一個字。陽盡了就是陰，陰盡了就是陽。」

中國陰陽兩儀之論，不是完全對立的二元論，而是相對的、辯證的二元論。許倬雲說，對立的二元，並不具備倫理和道德的選擇。

湘雲對此理解透徹。她說，即便是罕見的人，或者是奇才，或者是怪癖，都是賦陰陽二氣所生，並無分別。正是因為有此番男子所不能及的見識，湘雲所有的「情」，是大情，而非兒女私情。因此，湘雲沒有留意在兩隻麒麟上。在寶釵抱病梨香院的時候，鶯兒曾以金鎖與通靈寶玉相比，暗指金玉之緣，便是小兒女心思。兩相比照，可知湘雲的豪爽闊朗。

既然是如此，才貌仙郎也罷，王孫公子也好，陰陽和順，才是好姻緣。

老子說：「道生一，一生二，二生三，三生萬物。」這一論述與伏羲女媧的傳說分不開。伏羲與女媧既是兄妹，又是夫妻。伏羲兄妹的父親捕獲了雷神，女媧心慈，放走了雷神，雷神怒而發洪水報仇，因念及女媧相救之恩，要伏羲女媧躲入葫蘆中，躲過一劫，並使二人結為夫妻。伏羲與女媧乃是上古傳說中人類的起源，更是陰陽兩儀的符號，打破了混沌的世界，讓人類得以延續。

金麒麟，是寶玉之友贈送。寶玉所珍重的朋友中，蔣玉菡贈汗巾，北靜王贈手串，別無他物。寶玉失了麒麟，急的直跺腳，說丟了「該死」，可見送此物之人十分重要。寶玉的金麒麟「文彩輝煌」，配得上這樣物件的人，恐怕是個才貌仙郎。

麒麟，在《禮記》中與龍、龜、鳳並稱為「四靈」，在《宋書》中被稱為「仁獸」。麒麟的仁對應湘雲的「闊大寬宏量」。這個「仁」，是不作假的「信」，是樂於助人的「義」，是量大能容的「寬」，是才思過人的「敏」。湘雲是女子中的真名士、真君子。具有這樣品行的湘雲，不為王孫貴冑折腰，不被金玉浮華所迷惑。

湘雲久別大觀園，給鴛鴦、襲人、平兒都帶了禮物。襲人央她做針線，湘雲表示，是你的才做。湘雲從來沒有忘記年幼時，襲人悉心的照顧。襲人玩笑，說湘雲小時候「好姐姐」的叫著，大了就不理人了，湘雲直呼「冤枉冤哉」，這是湘雲為人的義之所在。

湘雲曾嫌黛玉「小性兒」。寶釵生日宴，是非不斷。先有寶釵指點《魯智深醉鬧五台山》，又有湘雲快言快語，惹惱了黛玉。一時鬧得不可開交，湘雲竟要打點行裝回府。後來，湘雲漸知知黛玉心事，感同身受，時常勸慰。及至中秋佳節，甄府被抄，物傷

其類，賈府頗顯悲涼。湘雲邀黛玉品月連句，互訴心事，偶得佳句，反助淒涼。湘雲曾與寶釵十分親密，寶釵不僅寬慰照顧湘雲，還為她籌謀，螃蟹宴、菊花酒，湘雲也在大觀園做了一次東道。湘雲感念其情，因寶釵坐在寶玉床邊幫襲人做針線，黛玉本想要戲謔一番，湘雲搖手勸黛玉作罷。寶釵搬出大觀園，中秋且不過府來相聚，湘雲不過撒嬌兒嗔怪一番。足見其量大能容，是為寬。

湘雲的「真」，體現在率真的為人處事。蘆雪庵聯句的那個早上，湘雲扮上男裝，「穿著一件半新的靠色三鑲領袖，秋香色盤金五色繡龍窄褃，小袖掩衿銀鼠短襖，裏面短短的一件水紅妝緞狐肷褶子，腰裏緊緊束著一條蝴蝶結子長穗五色宮縧，腳下也穿著麂皮小靴，越顯得蜂腰猿背，鶴勢螂形。」寶釵曾說湘雲偏愛穿男孩家衣服，黛玉調侃湘雲打扮得活像「小騷達子」，湘雲不過一笑置之。

錦衣玉食的侯門貴女，卻穿著男裝，割肉飲酒，這番情景何其灑脫。見慣江南的桂子修竹，黛玉倍感新奇，直說要為蘆雪庵一大哭。豈料湘雲作詩連句，獨佔鰲頭，果然是大啖腥羶不妨事，回來作詩便是「錦心繡口」了。

蘆雪庵的白雪紅梅、熱酒好詩，哪裡及湘雲的率性灑脫讓人折服？

隔座香分三徑露，拋書人對一枝秋。

霜清紙帳來新夢，圃冷斜陽憶舊游。

湘雲率直的傲氣躍然紙上。這樣的湘雲，自然配得起「才貌仙郎」。曾有學者指出，可卿葬禮上出現的「王孫公子」衛若蘭、馮紫英等，恐是湘雲未來的良配。而以湘雲之脾性，自然不會在意，偕老之人是否稱得上「王孫公子」，兩情相悅，必得是玉品金心之人。湘雲的歸宿，不得而知。「雲散高唐，水涸湘江」，「吹簫人去玉樓空」，空掛念，也曾「臥看牽牛織女星」。

蘅芷階通蘿薜門，也宜牆角也宜盆。

花因喜潔難尋偶，人為悲秋易斷魂。

玉燭滴乾風裡淚，晶簾隔破月中痕。

幽情慾向嫦娥訴，無奈虛廊夜色昏。

　　　　　　　　——湘雲詠白海棠

湘雲擲花籤，抽中的是「海棠」。海棠花素有「花中神仙」之美稱，陸游評海棠「雖艷無俗姿，太皇真富貴」，形容海棠美艷高貴。花籤上是「香夢沉酣」

四個字,附詩一句:「只恐夜深花睡去。」此句出自蘇東坡詠海棠的名句:

> 東風裊裊泛崇光,香霧空蒙月轉廊。
> 只恐夜深花睡去,故燒高燭照紅妝。[16]

　　海棠之美,不僅是艷麗,更是高貴、高潔,頗得世人憐惜。湘雲判詞之中,她在婚後當是度過了一段稱心的時光。這段美好的婚姻生活,抵償了湘雲自幼寄人籬下的苦楚。她的命運,卻未能像蘇東坡的詩中那樣,備受呵護。同樣是香霧空蒙、月色昏沉的夜晚,美麗的海棠盛放,有人為她點燃高燭。世間如海棠一般美好的湘雲,卻不得不面對玉燭淚乾的慢慢長夜,孤獨淒涼,難訴幽情。

---

16 「空蒙」一詞亦有作「霏霏」,「故」字亦有作「更」,即「東風裊裊泛崇光,香霧霏霏月轉廊。只恐夜深花睡去,更燒高燭照紅妝。」

脂粉英雄奈何天——紅樓二十四談

第五章　何處有香丘？

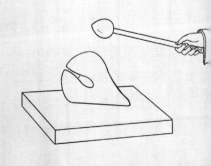

妙卿不解檻外意

疏松影落空壇靜，細草香閒小洞幽。

何用別尋方外去，人間亦自有丹丘。

——韓翃《同題仙遊觀》

周汝昌先生講，紅樓夢的「三綱」是「情」、「玉」和「紅」。玉是中國文化意象中重要的象徵，玉珍貴、高潔，有著高士的品格，充滿靈性。

大觀園名中帶玉的有四位，寶玉黛玉之外，還有紅玉與妙玉。紅玉是賈府的家生女婢，名字犯了「玉」字的諱，改名小紅。小紅雖出身低微，去了「玉」字，不改玉質。妙玉出身官宦人家，世事流轉，遁入空門。因賈府迎接元妃省親，妙玉機緣巧合而進入大觀園，居於櫳翠庵內，未易「玉」字。

滄海月明珠有淚，藍田日暖玉生煙。

珍珠貌美，集月華之精，卻凝鮫人之淚。藍田美玉，日光和暖，才有冉冉玉氣。美物美人，都脫離不了環境的影響。水至清則無魚，人過潔則無友。妙玉一生的悲劇，「太高人愈妒，過潔世同嫌」，最終仍是「無瑕白玉遭泥陷」，「風塵骯髒違心願」。

這首李商隱的《錦瑟》雖是七律中的佼佼者，卻十分晦澀難懂。李商隱一生在懷才不遇之中度過，他才氣逼人，也傲氣十足。《錦瑟》細細讀來，明珠有成，要千磨萬礪，經歷月圓月缺；美玉成璧，要山陷石裂，輔以日光和煦。明珠美玉，尚且如此，人立足於世間，要想有所成，天時地利不可或缺，磨煉坎坷難以避免。清高太過、目下無塵，難免為人嫌惡，心願難成。

大觀園建成後，天上人間，諸景皆備，亭台水榭、館閣畫樓、院落遊廊，無不精巧；翠竹芭蕉、奇草仙藤、雀鳥家禽、花燭彩燈，點綴其間。美景雖妙，終須煙火之氣。賈府卜姑蘇聘請教習，採賞十二個女孩子為供戲班之娛，又聘買了十個小尼姑，十個小道姑。林之孝家來回：「外有一個帶髮修行的，本是蘇州人士，祖上也是讀書仕宦之家。」這個女子正是妙玉，因自小多病，買了多少「替身兒」代其出家，皆不中用，不得已自入空門。

妙玉一副高潔之態，對賈府來人講，侯門公府，皆以貴勢壓人，不願屈就。王夫人再下拜帖，方才「俯就」。

正因此時賈府預備省親，須得幾個不同凡俗之人，方是詩書大族的勢派。妙玉通曉文墨、熟讀經文，

模樣出眾，方才合了王夫人的意。「既是官宦小姐，自然驕傲些。」見了書啟相公的拜帖，又有賈府車轎前來迎接，妙玉自視與眾不同。

侯門公府，高低尊卑，自然分明的。抄檢大觀園時，王夫人說，跟姑娘們的丫頭，自然嬌貴些。「嬌貴些」、「驕傲些」皆使得，卻也尊卑有別，驕傲無度、驕縱過頭，晴雯、芳官的命運皆是例子。

大觀園將妙玉安置於「櫳翠庵」，並有嬤嬤、丫頭服侍。元春省親，花團錦簇、烈火烹油，不過幾個時辰功夫，至親尚未得親近，便要回宮。余下所添新「景」，不過遙遙相望，以備召喚而已。省親過後，一應為省親所備之唱戲女子、小尼小道都留下。妙玉也就如此留在了賈府。

妙玉自許高潔，何為污？何為潔？妙玉自有評判。鄉下來的劉姥姥，乃是鄉野村婦，自然是不乾淨的。如寶似玉的二爺是潔淨的，自己家常用的綠玉鬥才配二爺使。賈母自然是尊貴高潔的，妙玉侍奉左右，連賈母日常不喜六安茶都知道，十分妥帖。

然而，冷眼旁觀，劉姥姥因投了賈母與鳳姐的緣法，賈母引著劉姥姥，賞大觀園美景，又將成窯盅遞於劉姥姥品茶，妙玉嫌惡，亦不敢明言。

妙玉眼中醃臢的劉姥姥，何以得此「緣法」？一

見賈母，劉姥姥便道：「請老壽星安。」脂批說劉姥
姥的稱呼「妙」，善於應接。善於應接之人，自然不
會孤芳自賞，因此村姥姥講故事討了寶玉的緣法，講
笑話又遂了鳳姐的心意，自然清風徐來，百花盛開，
村姥姥成了大觀園的「座上賓」。

試玉要燒三日滿，辨材須待七年期。

玉之高潔，源自造化之功，一塊好料，須歷經山
崩石陷的地質運動，更要經歷風沙的千錘百鍊，不斷
地產生化學變化。其色或純淨或絢爛，其肌理或通透
或細膩，非人力雕琢，自然而成。能工巧匠琢玉，須
順勢而為，法自然之道，方能成器。

妙玉祖上是讀書仕宦之家，因其身體屢弱多病，
家中許了幾個替身，卻終究不靈。黛玉自飲食起便食
藥，本貫也是蘇州人士，卻不見林如海為女兒許替
身。為保自己的康健，以錢財許之廟宇，以替身許之
神佛，尊己卑人，夙願難成。

寶釵和黛玉為妙玉所重，拉著二人喝了梯己茶。
道婆收了那成窯盅，妙玉即命拿出去。脂批稱，妙玉
偏僻處，此所謂「過潔世同嫌」也。妙玉為人孤僻，
對人對物都有一種「潔癖」，村姥姥的杯子自然是不
潔淨的，王孫公子的杯子則留有餘香。其偏僻之處，

有失於刻薄。

賈母引劉姥姥逛大觀園，妙音仙曲、畫中美景，兩宴大觀園珍饈美饌，三宣牙牌令歡聲笑語。對於劉姥姥的到來，賈母感到新奇有趣，世間煙火，未曾經歷，聽一聽、看一看，也是好的。劉姥姥所講的雪夜抽柴的故事，寶玉聽著新鮮有趣。卻因馬棚走水，抽柴的故事止住，劉姥姥又講了吃齋念佛得孫兒的故事，連王夫人聽了，也感嘆神佛之事，確是靈驗的。賈母之慧，自然非一般侯門貴婦可比，劉姥姥的機靈，亦非一般村姥姥可比。妙玉自恃清高，卻將人間煙火，認成污穢醃臢，雖得玉名，不具玉品。「試玉」、「辨材」終須時，妙玉所識之潔，非本性之潔，流於表面。

衡門之下，可以棲遲。泌之洋洋，可以樂飢。
豈其食魚，必河之魴？豈其取妻，必齊之姜？
——《詩經・陳風・衡門》

姜女貴而未必仁。妙玉以人之世俗貴賤，評判高潔與否，實屬本末倒置。蘆雪庵連句，寶玉又「落了第」。櫳翠庵秋日花木繁盛，冬來紅梅傲雪，眾姐妹卻不願折梅，倒是罰寶玉折一枝來，自然是妙玉為人可厭。

「不求大士瓶中露，為乞嫦娥檻外梅。」寶玉以嫦娥比妙玉，妙玉自是未斷凡心，未了凡念。身在檻外，心在檻內。

妙玉步入大觀園之時，正是賈氏子弟為省親籌備摩拳擦掌、爭名逐利的時候。賈蓉賈薔是鳳姐心腹，自然嚐到甜頭，賈芹賈薔、趙氏兄弟也不甘人後。省親之前，賈家之敗，仍如霧裡看花；歸省過後，賈府的頹勢、骯髒和虛偽暴露無遺。

「欲潔何曾潔？」檻內醃臢，檻外也未必高潔。寶玉常言：「和尚道士的話如何信得？」「和尚道士」，是哪些人呢？張道士是國公爺的替身，請太太奶奶姑娘們來打醮為虛，為實上說親為實。靜虛安排鳳姐寶玉下榻為虛，為張家求退親為實。那智能兒對秦鐘說，饅頭庵是個「牢坑」，何時離開了才算了局。

端木蕻良所著的《曹雪芹》一書中，有個遠近聞名的「膏藥廟」，學名佑慈宮，供奉的是三位明代的娘娘。鼎革後無人再提，非佛非道，只得用膏藥安撫善男信女。而佑慈宮旁邊的成府村會首則靠廟吃廟，成了膏藥廟的香火地。成府村舊俗，百姓每年往妙峰山進香，而盤踞妙峰山的「強梁」便由此做起了生意，木材、麵粉，不一而足。

成府村的會首在家設壇，供奉的是「真空家鄉，

第五章　何處有香丘？

177

無生父母」八字真言，也就是民間秘密結社組織羅祖教。以虛應實，通過膏藥會、妙峰山進香等活動把持當地的權力，所謂「鄉里斷案、攤派、報銷、管理、丈量、婚嫁、紅白喜事」等都由他們商議定奪。端木不禁感慨：「這些鄉土風俗，就猶如一貼萬應膏，牢牢貼在每個鄉人身上。」

檻外世界也難逃人欲，心有貪念，凡俗不斷。若檻外真有世外桃源，世人又何苦明知命運浮沉難測，卻寄望於檻外仙君的指示呢？

歸山深淺去，須盡丘壑美。
莫學武陵人，暫游桃源裏。

裴迪歸隱終南，卻不贊同暫時避世的做法，放不下名利，不能盡享山河日月之美，何以自許高士呢？

妙玉曾驚嘆，黛玉如此品質，卻辨嘗不出雨水和梅花雪水。妙玉引以為俗。然而，能否嘗出雨水雪水，並不能辨一個人的雅俗潔污。黛玉之所以「潔」，是因為她通透的眼、本真的純和善意的心。

飲梅花雪水為何高潔？因為梅象徵著高潔，是文人雅士鍾愛自比的對象。

牆角數枝梅，凌寒獨自開。

無意苦爭春，一任群芳妒。

寶玉曾對麝月說，人不可以輕易自比松柏，自己不過是墳場邊的老白楊而已。

不要人誇顏色好，只留清氣滿乾坤。

梅之高潔，在內而不在外。琉璃世界，白雪紅梅。有寶琴的懷古十首，有湘雲的腥羶啖肉，是真名士，自風流。

妙玉結局，一說是委於風塵，二說是丟了性命。追逐一生的一塵不染，終陷泥沼中。梅花雪水、花下貯藏，可以烹茶，亦可煮飯。茶終要進了人的腸胃，這個腸胃，可能是寶黛這樣的閬苑仙葩，也可能是劉姥姥這般的鄉野俗人。

寶玉為大觀園的源頭活水題為「沁芳」，黛玉卻將花瓣收藏，絹袋葬之。黛玉深知，世間沒有一條河流可以獨善其身。「春色三分，二分塵土，一分流水」。無論是塵土，還是流水，不過都是世間萬物的載體，再美的春色，都要隨之而去。

可嘆妙玉，青燈古殿人將老，辜負了，紅粉朱樓春色闌。以「潔」立命，不過一種「潔癖」的執念。

枯木菩薩李宮裁

秀水明山抱復回，風流文采勝蓬萊。

綠裁歌扇迷芳草，紅襯湘裙舞落梅。

珠玉自應傳盛世，神仙何幸下瑤台。

名園一自邀游賞，未許凡人到此來。

——李紈題「文采風流」匾額

李紈年紀輕輕，卻自稱「稻香老農」，避世自保，撫育幼子。二十來年，守節自貞，形如槁木。李紈父親教女，重《女德》、《女訓》，針黹女紅為要。李紈的形象，符合明清社會的「女德」標準。

若是僅僅識得幾個字、認得幾個前朝賢女，李紈如何與姐妹們起社呢？不僅如此，李紈評詩，頗見功力。元春省親，命諸姐妹為大觀園匾額題詠，李紈題的匾額竟是「文采風流」。「秀水明山抱復回，風流文采勝蓬萊」，細看來，更將「珠玉」二字暗含其中，李紈頗通詩書，更不乏捷才。

孀妻弱子，不著脂粉，素衣青簪。李紈之貞，賈府感念。鳳姐曾說，太太們體恤，月銀足添十兩，與太太們比肩。又分了園子地與她，每年份例，亦是上上份。稻香村的花銷，不過碧雲素月兩個大丫頭，賈

蘭讀書用度，皆從公出。李紈的生活當屬無憂。

壽怡紅群芳夜宴，怡紅院越性請了李紈。彼時李紈、探春正在賈府興利除弊，黛玉道：你們日日說人家夜飲聚賭，今日我們自己也如此。以後怎麼說人？李紈道：有何妨礙？一年之中不過生日節間如此，並沒夜夜如此，這倒也不怕。

不言不語知何事，只把人心不自謾。

李紈可謂大智若愚，頗具智慧。寶玉生辰，不過偶然一次玩鬧，不出大格，何罪之有？她所營造的形象，是素淡寧靜、知書達理、憐貧惜老的守節孀婦，滿府人稱之為「大菩薩」。其輿論形象，深得人心。

賈珠十四歲進學，不到二十娶妻生子，而後一病而亡。賈珠病亡時，李紈不過二十來歲年紀，正值青春。這樣的年紀，也是愛詩愛鬧的。探春起詩社，不想竟「一招皆到」。李紈道：「雅的緊！要起詩社，我自薦我掌壇。」作詩原不是女兒本分，最守本分的李宮裁，不僅見帖即到，還自薦掌壇。又說：「何不大家起個別號，彼此稱呼則雅。我是定了『稻香老農』，再無人佔的！」庚辰夾批道：最妙！

一個青春少婦，雅號「稻香老農」，李紈之智，可見一斑。妙玉居住的櫳翠庵，尚且花木繁盛。李紈

所居的稻香村，位於籬外山坡之下，土井轆轤、佳熟菜畦，樹稚新條，隨其曲折，編就兩溜青籬。賈政於省親前遊覽大觀園，稱此處「勾引起我歸農之意」。寶玉題匾「杏簾在望」，另據「柴門臨水稻花香」，命名此處為「稻香村」。稻香村一派田園風光，無鮮妍花木，無鴛鴦游魚，李紈居於此處，合適不過。

　　夜夜相思更漏殘，傷心明月憑闌乾，想君思我錦衾寒。

　　咫尺畫堂深似海，憶來惟把舊書看。幾時攜手入長安？

——韋莊《浣溪沙》

　　李紈怎能不思念亡夫？在這樣的年紀，看到滿園春色，又如何能不傷感呢？寶玉受鞭笞時，言語之間，王夫人忽提及賈珠，李紈在側放聲痛哭。年少守寡，矢志不再嫁，縱然公婆禮敬，有子依傍，李紈卻不得不承受嬌花枯萎的痛苦。

　　「戴珠冠、披鳳襖，也抵不了無常性命。」李紈之苦，非錢財名利所能彌補。

　　黛玉曾說，大嫂子是帶著我們學針線學道理的。李紈有大觀園的監管之責。蘆雪庵一回，婆子回李紈，哥兒姐兒要生吃鹿肉。李紈道：離了我，在老太

太跟前,吃一頭鹿,也不與我相干,「這麼大雪,怪冷的,替我做禍呢」。李紈必須恪守職責、沉著穩重、恪守規矩、教導弟妹、以身作則。

只要是大錯不錯,李紈自然樂得清閒。寶琴、李綺、李紋、岫煙四美遠道而來,李紈大奶奶打發了人傳話,下了雪,明兒就要起社作詩。詩社花銷有限,李紈卻自有盤算。封鳳姐為監社御史是虛,討要公中銀錢起社是實。不僅如此,不善言辭的李紈,竟有意想不到的伶牙俐齒。不僅說鳳姐精打細算、分斤撥兩,還牽三掛四,為平兒「抱打不平」。

鳳姐病倒,李紈、探春理事,寶釵從旁照管。探春、寶釵不過閨閣小姐,鳳姐在時,李紈從不插手家事,小紅的「爺爺奶奶經」,李紈直呼難懂。那起刁奴,自以為李紈柔弱、探春年少,便以奴欺主。李紈果真如此愚弱?

李紈出身詩書舊族,自知家宅積弊,提振家業,她也責無旁貸。然大觀園本是御賜,供弟妹們居住,興利除弊過甚,以嫂之名,難免落人話柄。探春自提縮減開支,李紈立即附和。「好主意。這果一行,太太必喜歡。省錢事小,有人打掃,專司其職。」

平兒緊隨其後,鳳奶奶也是這麼想的,姑娘們園中住著,不能多弄些玩意兒,反倒監管修理,「斷不

好出口」。眾人皆道平兒圓滑，然不知平兒所言，句句屬實。李紈附議，也必不能以儉省為題，此道並非鳳卿圓滑，乃是為媳之道，自出一理。

花被鳥拈疑佛笑，琴為風拂宛禪談。

李紈所經營的形象，已是菩薩般閒淡，偶然談笑，皆無謗言。這種「佛系」形象，上得婆母垂憐，下得眾人敬重。李紈在這樣的輿論環境中，開始了長達十多年的等待。「人生莫受老來貧，也須要陰騭積兒孫」，等到賈蘭頭戴簪纓、腰懸金印，李紈方能安享晚年，然韶華已逝，終無意趣。

李紈見事頗明，卻時常遮遮掩掩，明哲保身。黛玉喪母入京都，李紈並未送禮望候。詩社所用，全賴鳳姐周旋。湘雲的螃蟹宴、岫煙的過冬衣，竟是寶釵墊補。劉姥姥的回禮單裡，也沒有李紈的一針一線。抄檢大觀園，李紈抱病，大觀園處處嗔鶯吒燕。明事理的李宮裁，未勸婆母勿聽讒言，亦不見安撫姊妹兄弟。稻香村抄檢，一無所獲，李紈便高高掛起。難怪尤氏在惜春那裡受了氣，李紈明知故問，挨了尤氏一句罵：你敢是病著死過去了！

螃蟹宴上，一向沉穩的李紈，議論起各房主子的大丫頭們。頭一個是鳳姐的「女師爺」平兒，是鳳奶

奶的一把「總鑰匙」，李紈竟比出馱唐僧的白龍馬、送劉智遠盔甲的瓜精來。又及老太太房裡的鴛鴦、太太房裡的彩霞、怡紅院裡的襲人。李紈說著竟落下淚來，不覺想到，賈珠亡故，房裡人難留，李紈只得打發了出去，憑其另覓前程。

李紈因此也失了臂膀，只留下幾個小丫頭隨身伺候，賈蘭尚且年幼，尚論不到此。舊時女性，行事霹靂如鳳姐，胸無城府如王夫人，愚頑自私如邢夫人，才識過人如寶釵，立足侯門公府，都必得幾個「臂膀」。超逸如黛玉，亦知襲人身份，不曾怠慢。賈珠亡故，李紈所能依傍的只有賈蘭，來日賈蘭娶妻納妾，李紈才可能有所依傍。中庸行事，以待來日，這是李紈唯一的選擇，也是舊時女性共通的無奈。

桃李春風結子完，到頭誰似一盆蘭？
如冰水好空相妒，枉與他人作笑談。

桃李般明媚鮮妍的生命，在年復一年的壓抑和等待中枯萎。不施粉黛，不著華服，形如槁木。縱使盼得爵祿高登，卻已是昏慘慘黃泉路進。李紈青春喪偶，保全一世聲名，榮華未到身先老，韶華易逝無處尋。

芙蓉女兒因何而亡？
——晴雯之死

心比天高，身為下賤。

風流靈巧招人怨。

壽夭多因毀謗生，多情公子空牽念。

在大觀園還沒有建成的時候，晴雯並不如襲人顯山露水。

寶黛初會榮慶堂，襲人初次粉墨登場，持重老成，言辭未必就不顯鋒芒。彼時黛玉正因寶玉摔玉燈下飲泣，襲人看望勸慰，對寶玉的怪癖痴性毫不避諱，直言黛玉若要為了這樣的事兒哭，只怕哭不過來呢。足見襲人與寶玉的親近非比尋常。然而，為何偏偏是晴雯擔了那所謂的「虛名」？

脂批有言，「晴有林風，襲乃釵副。」倘或大略觀之，這種對比映襯的關係較為恰當。然而，林黛玉也曾謹言慎行，唯恐行差踏錯一步，為都中親戚恥笑。隨著時間的推移，在賈母的蔭蔽和寶玉的愛護下，黛玉亦不乏風流靈巧、詞鋒犀利，其詼諧戲謔，不在鳳姐之下，其文采風流，更在阿鳳之上。

在賈府的下人丫鬟眼裡，黛玉孤高自許，目無下

塵，不如寶釵豁達大度，隨分守時。然黛玉貴為賈府大小姐賈敏獨女，賈母愛之，兼懷親女，飲食起居，與寶玉一般，照料精細，賈府三春皆不能及。下人縱然嚼舌，黛玉身份尊貴，不過私下議論，無人敢明裡造次。

不得不悲哀地承認，階層往往是社會中一道不可逾越的鴻溝，階層鴻溝實乃人際關係的桎梏，在等級森嚴的舊時代，更是如此。釵黛之悲劇，更多源自貴族階級家族的衰敗；晴襲之悲劇，則源自階層差異和由此而生的人性局限。

蕭蕭鴇羽，集於苞栩。王事靡盬，不能蓺稷黍。父母何怙？悠悠蒼天，曷其有所？

——《詩經·唐風·鴇羽》

平民階層有來自上層的繇役賦稅，或是年景不濟，或者男丁凋亡，平民小戶，就會流離失所，甚至被迫賣身求生。襲人便是在家庭出現危機時，被賣到賈府為婢的。晴雯、鴛鴦、紅玉等，皆有親屬世代在賈府為奴。賈府這樣的官戶、貴族階層，在享有很多經濟特權和政治特權，平民投身於此，不僅可免除賦稅繇役，若是相機權變，甚至能另整家業，捐資納粟，為子孫謀求前程。榮國府的賴大便是一例。

人融於社會之中，人性自然有其社會屬性，一言一行都是社會心理之外化。晴雯、襲人等身為丫鬟，是當時社會環境下處於下層的女婢。此身份將跟隨她們一生。貴家婢女，飲食穿戴，一如主子。襲人歸家探親，鳳姐親自檢視穿戴，安排氅衣，叮囑僕婦，足見金貴。然而，即便是晴襲紫鴛之類，仍無法脫離其身份，未來歸宿，無非是成為貴族老爺或少爺的妾室，或主家賜婚，配與管家、小廝。

賈府榮華時，主子們近身的丫鬟小廝自有福報，例如王夫人曾說，黛玉之母賈敏的貼身丫鬟，小戶人家的小姐多有不及。賈府日漸衰落，主子們尚不知前路，為奴為婢者自然也難逃劫數。想要如賴媽媽一般，熬的是青春時光，賭的便是運氣。即便尊貴，主子面前，仍是舊奴。襲人、平兒等深諳其理，言談舉止，不逾身份。

當時的社會環境下，男性出身寒門，尚可以通過科第成功獲得社會價值，改變階層。寒門女性，幾乎無法通過其自身的努力，實現階層的躍遷。鴛鴦聰慧，深知侯門姨娘，並非好歸宿。即便是明媒正娶、續弦扶正，尤大姐這樣的寒門女子，仍不免終生做小伏低，為人欺壓。

物不平則鳴，越是兼具才貌的女性，內心對自由

平等越是充滿渴望。無論是溫柔和順、似桂如蘭的襲人，還是風流靈巧招人怨的晴雯，都是如此。無人甘願為奴為婢，出身寒微，襲人、平兒等不得不順勢而為，晴雯卻恃才而驕，引人側目。

寒門男性封侯拜相的代表，如範文正。出身並不高的範仲淹，以繼子的身份隨母親在朱家讀書，屢受朱家紈絝欺凌，十來歲方知身世，憤而改姓，立志苦學。科舉中第後，範仲淹展露出政治野心與才華，其《答手詔條陳十事》深得仁宗賞識，成為仁宗朝「慶曆新政」的策劃者、主導者。範氏桃李滿天下，門生故舊，遍布朝野，其為人、為政、為文彪炳兩宋，《岳陽樓記》傳誦千古。慶曆變法儘管失敗，但龐大的範門士族，影響著北宋後幾朝的政治生態。

時代使然，寒門女性往往難以實現價值，影響時代。無論是梁紅玉、柳如是等留下姓名的奇女子，還是存在於話本中的杜十娘、扈三娘，這些寒門出身的女子，大部分是以市井女性的傳奇故事流下芳名。但她們的存在，對於已近末路的科舉社會，與士子文人形成了鮮明的人格與氣節的對比。

晴雯這樣一個寒門女子，卻從未以「婢女」自居。探望寶釵回府，寶玉微醺，晴雯還未見禮，便說道：「好，好，要我研了那些墨，早起高興，只寫了三個

字，丟下筆就走了，哄的我們等了一日。快來與我寫完這些墨才罷！」如此言語，落於僕婦眼中，晴雯必然是掐尖要強，大失體統。

言語巧偷鸚鵡舌，文章分得鳳凰毛。

——元稹寄贈薛濤 [17]

雖不似才女滿腹詩書，晴雯卻在言語上口不饒人。晴雯模樣俊俏，言談爽利，針線精巧，實是丫頭中的蘭蕙之人。這樣的晴雯，自帶鋒芒，詞鋒甚利，得理之處，頗不讓人。

丫頭驕縱至此，寶玉竟可寬恕，為博晴雯一笑，甚至撕扇助興，拍手稱快。然而在嬤嬤們、丫頭們眼裡，晴雯所為稱得上是「放肆」。

何以如此？晴雯深知寶玉的性格，又對主僕俗套嗤之以鼻。因為晴雯與寶玉、黛玉心思大略相同，人生於天地之間，不過一副皮囊，尊卑貴賤不過浮雲。因此黛玉可教香菱作詩，寶玉可與琪官稱兄道弟。

晴雯雖「身為下賤」，卻「心比天高」，此處的「心」，指的是晴雯的志氣，她雖為奴婢身，卻不甘於奴婢心。

---

17 一說存疑。

今日何日兮，得與王子同舟。

蒙羞被好兮，不訾詬恥。

——《越人歌》

感情能夠跨越階層，越中漁家女子，與尊貴的楚國王子泛舟江上，同品佳餚，共披華衣。猶如芭蕉葉下，撕扇的晴雯與寶玉。

晴雯果真敢挑戰階層權威麼？並非如此。對老爺太太、姑娘奶奶，以至於積年的嬤嬤，晴雯並無不恭不敬，也有盡讓。李嬤嬤以寶玉之乳母自許，居功自傲，嗔鶯吒燕，嚴謹溫和如襲人，也沒少受李嬤嬤的歪派。寶玉常留了吃食與大丫頭們，李嬤嬤渾不在意，徑直拿了家去。晴雯並未當面頂撞，待寶玉問及，卻將此事和盤托出。一個是嬌弱委屈的俏丫鬟，一個是昏聵迂腐的李奶奶，寶玉借酒發揮，茶潑茜雪，大動肝火。襲人晴雯等皆勸之，晴雯也並未因此小題大做。相比襲人，晴雯言辭直爽，卻並不敢凌駕於有資歷的嬤嬤們之上。

寶玉尤其欣賞晴雯這份直爽。在寶玉的庇護下，晴雯的行為雖有出挑，卻不至出格。因趙姨娘挑撥，賈政忽然要問寶玉的功課，寶玉得了小丫頭小鵲的信兒，勞心費神地溫起書來。此時上夜的丫頭們忽然吵

嚷起來，說是有人越牆。晴雯靈巧，立刻出主意讓寶玉裝病。為求逼真，晴雯詐言寶玉受驚，渾身發熱，且要去上房取安神藥丸。詞鋒所向，眾人皆不敢怠慢。「直鬧了一夜」，管家奉命盤查，拷問上夜男女。

此事原不大，裝病蒙混，不過小兒女應付嚴父慣常所為。倘或悄然為之，本不算出格。但晴雯言辭鋒芒所指，一件小事，鬧得人仰馬翻，勢必有人為此擔責。寶玉病之虛實，有閱歷者一探即知，晴雯的伶俐，過於出挑，有人受過，必有毀謗生。

劉勰在《奏啟》當中說：「世人為文，競於詆訶，吹毛取瑕，次骨為戾。復似善罵，多失折衷。」士人如此，何況平民？興兒曾對尤氏姐妹說，探春乃是「玫瑰花」，刺大扎手，鳳姐「嘴甜心苦、兩面三刀」，迎春是針戳不知哎喲的「二木頭」，黛玉則「多病西施」。可見眾人頗善總結，卻不免失之刻板，略顯尖酸。

王善保家的進讒，一語觸中王夫人心病，王夫人秉雷霆之威，頗有逆風摧百花之勢，發落了晴雯、芳官等人。與其說晴雯是被王夫人驅逐，不如說晴雯是被賈府的輿論詆毀直至推倒的。

中國社會的傳統文化，會創造出「沉默是金」、「靜水流深」這樣的詞彙，來表達對謙和、低調、深

沉品質的欣賞。如果深究其出處，無論是《論語》或是《道德經》，多有附會之嫌。

這些為政所需具備的聖人品格，往往在民間發生變異。無論是「多聞厥疑，慎言其餘」，還是「水善利萬物而有靜」，都是哲學層面的辯證思考。其內涵並不等同於謙和沉默。

這種創造性的理解，帶來兩個明顯的錯覺。一是只要具備了「看起來」謙遜的品格，就更加容易成功；二是謙遜的人看起來沒有攻擊性。這兩種錯覺是如此矛盾又和諧地廣泛存在於民間社會。平時沉默的大多數就把這種「聖人品格」移花接木到普通民眾身上，更加喜歡謙虛的人、說話低調甚至不發表自己見解的人。

在這樣的社會輿論驅動下，輿論暴力往往呈現出這樣的「階層」色彩。參與其中之人，卻是平時最沉默的大多數。平日按部就班、待人謙和的凡人，面對為上者時保持緘默，卻對本該惺惺相惜的同輩吹毛求疵，打擊報復。晴雯模樣出眾，鋒芒畢露。此等言行，鳳平等強者，不置於心上，甚至因其本性純良，屢屢為她解圍，替她著想。同為賈府奴婢者，卻很容易積怨成恨。可以說，晴雯正是有階層色彩輿論暴力的「明靶」。

晴雯的判詞中明確指出：「壽夭多因毀謗生」。
「諑謠譏詬，出自屏幃；荊棘蓬榛，蔓延戶牖。豈招
尤則替，實讒詬而終。」寶玉的誄文，明白昭示了晴
雯之死的原由。流言蜚語、荊棘毒草，晴雯遭人陷害，
蒙受垢辱，喊冤抱屈而亡。

晴雯雖慕寶玉，卻未寄私情，一片冰心，一副雪
骨。寶玉說她「高標見嫉」，一語中的。王善保家的
對王夫人進讒言，直指晴雯兩大「罪狀」。一是妖妖
趫趫，大不成體統；二是一言不合，立起眼睛就罵人。
前者為虛，後者為實。言辭鋒利，當有其故；而妖妖
趫趫，則正中王夫人心懷。

面對王夫人的發難，晴雯尚不知自己已處危局，
仍舊口齒伶俐，頗有辯才。賈母心中，晴雯是模樣爽
利、言談針線無人能及。王夫人只道賈母無錯，有本
事的人，就有些「調歪」，因此只取襲人之賢，捨棄
晴雯之才。

晴雯最後的高光時刻，定格在勇補雀金裘。雀金
裘，華貴無比，賈府只得一件，跟晴雯一樣，傲氣十
足，霸氣十足，也鮮艷明媚十足。寶玉在芙蓉女兒誄
中頌道：「其為質則金玉不足喻其貴，其為性則冰雪
不足喻其潔，其為神則星日不足喻其精，其為貌則花
月不足喻其色。」

第六章 玉品金心

瀟湘妃子玉為魂

二月繁霜殺桃李，明年欲嫁今年死。

丈人阿母勿悲啼，此女不是凡夫妻。

恐是天仙謫人世，只合人間十三歲。

大都好物不堅牢，彩雲易散琉璃脆。

——白居易《簡簡吟》

「多愁多病身，傾國傾城貌。」這是寶黛共讀《西廂記》時提到的一句戲文。寶玉當真是個多愁善感的，曾誤對襲人說，自己為了妹妹，弄了一身的病在這裡。嚇得襲人口裡念佛，手足無措。

「情」貫穿寶黛之間的關係，是理解黛玉的一把總鑰匙。這裡的情，是愛情，更是真情。二人青梅竹馬，暗生真情，卻困於環境，無法袒露心跡。寶玉自有一股痴情呆意，黛玉天然一段風流態度，皆越不過舊禮這道高牆。

從探病寶釵開始，黛玉便不再安樂。賈府諸人多以喜歡吃醋、多愁多疑、言辭刻薄形容黛玉。而這一情緒轉變，大抵都是打一個「情」字上來。

初入京都的黛玉是謹言慎行的。見面時，賈母問黛玉讀了什麼書，黛玉道，只讀了四書。又問姐妹們

都讀什麼書。賈母謙辭，稱姐妹們讀什麼書，「不是睜眼瞎子罷了」。及至寶玉見面，再問書時，黛玉改口道：不曾讀，只上了一年學，些須認得幾個字。

邢夫人留飯，小心推辭；王夫人論及「混世魔王」的時候，慎言應對；賈母安頓吃飯時，黛玉不肯上座，直至得知鳳姐與王夫人皆不在一處用飯，才謙讓著坐下。這些細節都說明，顯見黛玉知世故、懂人情。

然黛玉之知世故，不若寶釵，全自一個「真」字上來。

以黛玉與賈府諸姐妹相處觀之，頗見黛玉之「真」。湘雲初來時，以寶釵為友，寶姐姐身上，挑不出一個錯處來。因戲台前一句玩笑，湘雲與黛玉橫生不睦。湘雲做東的螃蟹宴，也是寶釵為其周全安排，湘雲更心懷感激。

然而人情冷暖，世間離合，只待時間。中秋夜宴，賈府已現寂寥之態。寶釵搬出大觀園，為薛府俗務奔波。湘雲直言，曾經那樣親密無間，寶姐姐竟不來賞月作詩，倒是他們父子叔侄縱橫起來。黛玉雖然體弱畏寒，仍陪湘雲團圓，凹晶館一盡詩興，並留下了「寒塘渡鶴影，冷月葬花魂」這樣的佳句。

黛玉有才情，善捷才，更有真性情。為薛蟠學著會經濟、做買賣，薛姨媽放心不下，命薛府一眾僕役

家眷並香菱都搬進來。寶釵仍在園裡，夜長院空，便帶了香菱入園。香菱本是大家小姐，生在人間一二等富貴地，縱然世事難料，卻又逢此機緣，得以在大觀園內一展才華。

香菱一入園來，顧不得辛苦，向寶釵道了謝，便央求寶姑娘教她作詩。寶釵之世故，便是人情周全，因說香菱「得隴望蜀」，便提點她拜會各處姑娘奶奶，便於園內相處。香菱無法，便又求之於黛玉，黛玉笑道：「既要學做詩，你就拜我為師。我雖不通，大略也還教的起你。」直爽性情躍然紙上。香菱大喜過望，當即拜師。

黛玉是如何教香菱作詩的呢？「什麼難事，也值得去學！不過是起承轉合，中間承轉是兩幅對子。」黛玉說作詩，第一個是「立意」，所謂「若意趣真了，連詞句不用修飾，自是好的，這叫做『不以詞害意』」。「若是果有了奇句，連平仄虛實不對都使得。」何為立意或者意趣呢？是詩人的真情實感。王國維在《人間詞話》裡說，寫詩寫詞要「不隔」，真情流露，方有佳句。

這裡的「不隔」，就是黛玉所說的「意趣真」。何為「意趣」？每日鑽營經濟、且以此為樂之人，難有意趣。他們看不到「日出江花紅勝火」，體會不到

「山寺桃花始盛開」，不知道「耶娘妻子走相送，塵土不見咸陽橋」的痛苦，更不知「念天地之悠悠，獨愴然而涕下」的感慨。有真情者，才有感懷，才有一雙慧眼。「意趣真」是黛玉對詩詞的理解，也是她為人處世的風格。寶玉在寧國府看到「世事洞明皆學問，人情練達即文章」的對聯就心生厭煩，便是同一道理。

《紅樓夢》給大家的共識是談「情」，那麼談的是什麼情？不單單是愛情，更是人之大情。不僅有父母兄弟之情，也有姊妹之情、主僕之情，這個「情」，跨越了禮教賦予的父子君臣、夫妻相敬的條框，是世間之人本應具備的情。中國古典文學、繪畫等藝術形式極少談情，談情往往也是為了警世和教化，具有很強的功能性。

曾經我們的文學作品裡充滿真情。先秦的詩歌，諷刺君王之暴、申訴徭役之苦、感慨身世之淒、讚嘆淑女之美、痛斥丈夫之惡，比比皆是。儒學發源也並不「撲滅」真情。例如孟子提出仁、義、禮、智的「四端」，所謂「端」，即為源頭。仁的源頭是惻隱之心，而惻隱之心是羞恥心、辭讓心、是非心的根基。因此，「仁」起源於人情。孟子說，不忍見父母屍身腐敗而掩埋，不忍見幼童落井而出手相助，這些都發

乎於人與生俱來的同情、惻隱之心，並非為了名揚鄉里或者結交關係。後世之人所為，是否本末倒置？一目瞭然。

那麼什麼是「真」？以詩而論，「烽火連三月，家書抵萬金」是真，「大漠孤煙直，長河落日圓」是真，「海內存知己，天涯若比鄰」是真，「舉杯邀明月，對影成三人」是真，「可憐無定河邊骨，猶是春閨夢裏人」是真，「千載琵琶作胡語，分明怨恨曲中論」也是真。我們大抵可以知道，為什麼真情流露會產生傳頌千古的佳句，能讓千年之後的人，感同身受，是因為真情流露，觸動了人們同理之心。感同身受，是為「不隔」。

許倬雲在《有情的空間》一文中說，時間是宙，空間為宇，看起來時間是流動的、主觀的，空間是靜止的、客觀的，但在情的意義上，空間也是主觀的，有情的空間往往在記憶當中。無垠沙漠中金字塔的倒影，被落日的余暉拉長，宛如巨大的日晷，投射在地平線上。這幀照片，將時空糾結為不可分割的一體。

空間看似不會改變，如同江南春岸、灞橋垂柳、樂游古原、赤壁戰場，不同時代的人，在同一空間不會產生交集。但有情的空間，因為情真意切的詩詞流傳千古，瞬間便可以將不同時間的人在情感上聯繫在

一起。黛玉所說的意趣真，寶琴所做的懷古十首，皆是此理。

人生在世，不免有許多虛張聲勢。《紅樓夢》裡的虛張聲勢不少，賈敬去世後，賈珍賈蓉兩個不肖子孫嚎啕大哭，做出一副孝順恭謹的樣子。然而老父親屍骨未寒，珍蓉二人便想起尤氏姐妹，連寧府的丫頭都直呼「無理」。王夫人對金釧不念舊情，定要驅逐。金釧百般受辱，跳井自戕，王夫人又百般厚葬，吃齋念佛。當然更有詹光、單聘人、卜世仁之流，從名字我們就知其真偽。

黛玉和寶玉都反對虛假的形式主義，無論什麼香、什麼花，只要真心實意供上，就能「芳魂有知」。晴雯雖是寶玉的丫頭，抱屈而亡，黛玉為她修改誄文，「茜紗窗下，公子多情」，更會為「黃土隴中，卿何薄命」而觸動情腸，怏然變色。劉姥姥在大觀園中熱鬧了兩日，黛玉笑言，她是哪門子的姥姥，直叫她「母蝗蟲」罷了。雖是玩笑，卻不似妙玉等假意逢迎、私心嫌惡。湘雲也是個真性情的，脂批說香菱風流不讓湘、黛，便是從其一個「真」。湘雲說這會子大嚼腥羶，回來卻是錦心繡口。果真，曾生嫌隙的湘雲與黛玉，相處日久，既見真心，最為投緣，都是源於一個「真」。

與「霽月光風耀玉堂」的湘雲相比，黛玉卻屢屢使了「小性兒」，說話不免刻薄，這是為什麼呢？這是源於黛玉的情。她視寶玉為知己，卻礙於禮教之規、礙於男女之防、礙於人情世故、礙於形勢所迫。黛玉因為張道士為寶玉說親的事，動了真怒，又鉸穗子又吵架，惹得寶玉也砸玉，鬧得不可開交。賈母無奈，說寶黛是「不是冤家不聚頭」。作者這時打了明牌：兩假相逢，終有一真。

　　寶玉對黛玉有真心，黛玉對寶玉也有真心。無奈教化之規，即使是這樣的風流人物，真心私意，也不能流露半分。那寶玉卻每每變盡法子假意試探，黛玉偏巧也是個有「痴病」的，見如此，也用假情試探。兩個皆懷真情之人，卻弄真成假，屢生嫌隙。年輕男女，易生此病，禮教束縛，更是如此。黛玉的真與情，對寶玉的不「放心」，在外人看來便是「小性兒」、便是「刻薄」。

　　襲人曾多次勸解寶黛矛盾。寶黛初見，寶玉以林妹妹都沒有玉為由，犯了痴病，砸了玉，發了脾氣。襲人說，若是為了這樣的事兒哭，只怕以後姑娘哭不過來。清虛觀打醮之後，黛玉寶玉吵架，襲人說，你和妹妹拌嘴，不犯著砸他；倘或砸壞了，叫他心裡臉上怎麼過的去呢？

黛玉當時氣急，自以為襲人都懂的道理，寶玉竟不知體諒。這真是一葉障目，親疏顛倒，真假不辨了。襲人為怡紅院大丫鬟，自然要調和主子矛盾，這道理是人人都知道的。外人說出這般道理，再容易不過，黛玉彼時難解，不過是「只緣身在此山中」了。

　　寶玉亦然。紫鵑勸解黛玉，就算是吵也要保重身體，「倘或犯了病，寶二爺怎麼過的去呢」？寶玉也以為，紫鵑都知道的道理，黛玉不懂。如此真心，當真是錯付了。實則也是「人在事中」，不辨虛實了。

　　所以，黛玉發脾氣、使性子，大多是與寶玉相互假情試探的結果。寶玉是個多情的，這個情不僅對黛玉，也對寶釵、湘雲、襲人、晴雯，以至紫鵑、平兒、鴛鴦。然而在他沒有悟出「弱水三千，只取一瓢」的時候，黛玉始終狐疑滿腹。寶玉的「弱水三千」，並非「濫淫」，而是對女兒的憐惜、理解之情。礙於男女之防，親戚之情，黛玉再有真心，也不能認了這份情。

　　我們的文化不知從何時開始，公開談情是難以啟齒的。

　　野有蔓草，零露漙兮。
　　有美一人，清揚婉兮。

邂逅相遇，適我願兮。
野有蔓草，零露瀼瀼。
有美一人，婉如清揚。
邂逅相遇，與子偕臧。

這首出自《詩經·鄭風》的《野有蔓草》，生動地表達了青年男女相悅的感受。全篇直抒胸臆，表達年輕時代應有的真情。這首詩置於禮教審視之下，不知道算不算淫奔之作。

後人以少昊弟生母皇娥與白帝子相遇的美好為背景，也創作了一首作品。雖未偽作，卻亦不乏真情。

天清地曠浩茫茫，萬象回薄化無方。
涪天蕩蕩望蒼蒼，乘桴輕漾著日傍。
當其何所至窮桑，心知和樂悅未央。

縱然是邂逅，這份歡喜卻讓人難忘。貴為「上神」，亦有真情。這首詩作在磅礴的氣象之下，洋溢著一份甜蜜動人的感情。

黛玉和寶玉生活在一個假情為真，真情需得作假的時代，可謂最大的悲哀。詩歌本是最能體現情懷的載體。北宋以來，司馬光反對女子作詩；南宋時期，袁採提出，女性稍識書算，能計算錢谷出入即可。明

末以來，出現「女子無才便是德」的觀念，在才識上真正開始壓制女性。宋代時女子尚可讀書，還可為孩子啟蒙，但已經逐漸被剝奪吟詩作詞的權利，這是一種情感上的巨大壓抑。

林如海去世後，黛玉無所依靠，姻緣之事，已無人為她代言。薛姨媽曾說，寶玉嬌慣，若是外面娶親，斷不如意。不如認了黛玉做女兒，許給寶玉，倒是「四角俱全」之美事。黛玉依偎在薛姨媽懷裡，失去雙親的女孩，渴望著親情，卻不曾將薛姨媽所言當真。黛玉如此通透，冰雪聰明，她深知寶釵亦無父兄支撐，須母親為其籌謀。推及自身，無父無母，寄人籬下，更添淒涼。

黛玉深知，知道賈府的衰敗不可避免，更知賈府諸艷的命運皆不在自己手中。她埋葬落紅，也是埋葬自己的青春夢想，只留一份真情，不與人言。這份真心、真情，俗世難覓，人間難尋，彩雲易散，好物難留。黛玉未嫁而亡，留下無限的遺憾和慨嘆。

未若錦囊收艷骨，一抔淨土掩風流。

賈寶玉不過紈絝膏粱？

今夜鄜州月，閨中只獨看。

遙憐小兒女，未解憶長安。

香霧雲鬟濕，清輝玉臂寒。

何時倚虛幌，雙照淚痕乾。

——杜甫《月夜》

「銜玉而誕」的寶玉是個「奇人」。他抓周得了脂粉釵環，被父親賈政斥為「將來酒色之徒耳」；七八歲時說起「玉言玉語」，竟是些世人難懂的話，「女兒是水作的骨肉，男人是泥作的骨肉」，「我見了女兒，我便清爽；見了男人，便覺濁臭逼人」。瘋魔頑劣，不喜讀書。世家之責，從不略縈心上；女兒之事，每每寸斷肝腸。

寶玉用情於天下群芳，卻被警幻仙姑推之為「意淫」。何為「意淫」，非取天下之女子供個人之享樂，而是為天下群芳之樂而樂，為天下群芳之悲而悲。「弱水三千」，寶玉只取一瓢，「雖則如雲，匪我思存」。

甲戌本凡例有言：「今風塵碌碌，一事無成，忽念及當日所有之女子：一一細考較去，覺其行止見識，

皆出我之上。我堂堂鬚眉，誠不若彼裙釵哉？我實愧則有餘，悔又無益之大無可如何之日也。」如不經歷大起大落，大悲大痛，不能有此肺腑之言。怡紅院的這塊「濁玉」，閱世間浮華與悲涼，既愧悔，又無奈。俗世生存之道，身為鬚眉，該有何擔當？

秦鐘曾被寶玉奉為知己，生前也曾鐘意於兒女情長，臨終時卻對寶玉說，悔之晚矣。自以為見識高於世人，如今才知「自誤」，勸寶玉「以後還該立志功名，以榮耀顯達為是。」縱然真相殘酷，卻十分現實。秦鐘魂魄已入冥界，仍留戀父親的家產，回憶智能兒的溫柔。直到生死一刻，方知超逸脫俗並非易事。

寶玉作為母親口中的「孽根禍胎」，時而甜言蜜語，時而有天無日，若是哪個姊妹多和他多說了一句話，「心裡一樂，便生出多少事來」。如寶似玉，卻從未有志於博取功名，清俊才氣，卻不好此間營營。寶玉所思所念，只用心用意於天下女兒身上，竟然視天下男人為鬚眉濁物，自艾自貶，瘋魔無狀。於詩書大族而言，寶玉確實算得上是「不肖無雙」的紈綺子弟。

為了應對父親的檢查，寶玉時常臨時抱佛腳。上書房數年，只連注背得出《大學》、《中庸》、《二論》，《孟子》大半夾生，《左傳》、《公羊》更是

未曾溫習過隻言片語。寶玉讀書，不過是閒時遍閱，從不下苦功夫，更深惡時文八股一道。每每只求蒙混過關，自奉諭住進大觀園，更恨不得天天與姊妹們一處作詩玩鬧。

寶玉所銜之玉，本為頑石一塊，自稱「蠢物」。因無材補天，被女媧丟棄在青埂峰下，天長日久，頑石通靈性而識人言，懇求一僧一道帶到世間。面對賈府之衰，寶玉無意於功名經濟，自然是無材補救賈府之天，正是世人眼中的頑劣公子。然而寶玉性靈風流，頗善詩才，每每作詩題匾，賈政這個老學究，便拉了寶玉來充充門面，也好在清客相公、故舊友好之家顯揚顯揚。

這樣的「異類」，未必只見於俗世簪纓之戶。曾點化甄士隱的一僧一道，一個癩頭跣腳，一個跛足蓬頭，其貌不揚，衣衫襤褸，頗似濟公的外貌。濟公與朱熹同一時代，甚至有說同年出生，好圍棋、鬥蟋蟀，通醫理、工詩書。濟公本出家之人，卻不願打坐誦經，更不戒酒肉，破衣爛衫，表面上看亦是瘋瘋無狀。這樣的濟公也曾不容於僧道，眾僧厭惡，他卻濟貧扶弱，懲惡揚善，留下很多故事為人稱道。

何須林景勝瀟湘，只願西湖化為酒。

和身臥倒西湖邊，一浪來時吞一口。

濟公所流傳的詩詞，看似散漫無稽，細細觀之，卻時時警醒世人，莫為虛名假利一葉障目。人生無常，不如痛快暢飲，何懼風起雲湧？寶玉之散漫，之乖僻，尚未至此。

　　濟公圓寂前留下一偈：「六十年來狼藉，東壁打倒西壁。於[18]今收拾歸來，依然水連天碧。」人生不過短短幾十年，狼藉也罷，顯赫也好，一日歸去，青山不改，綠水長流。《紅樓夢》裡的一僧一道，有時忠言逆耳，有時狂言亂語，卻未曾點化一人。

　　寶玉時常自貶，仗著前世之緣，對人生略有所悟。他常將「化灰化煙」掛在嘴邊，且定要與清俊的女兒們一處，卻在無常的俗世當中，對女兒所承受的磋磨與悲苦無能為力。

　　看到老媽媽欺負丫頭們，寶玉時常氣得跺腳。對母親的決斷，寶玉也不敢反抗。金釧與寶玉調笑，最終因辱烈死，寶玉唯有焚香禱告；晴雯逞口齒之能，因言獲罪，染病而亡，寶玉除了痛哭一場，也只能以一篇誄文表達哀思。而對周瑞家的這樣的有權家奴，寶玉敢怒不敢言，目送司棋離開的背影卻無可奈何。囿於時代，囿於環境，寶玉對女兒的敬、對女兒的愛，

---

18 「於」字，亦有作「如」，即「如今收拾歸來」。

往往是事與願違。

《紅樓夢》大旨談情，寶玉的情，既有對家族父母之愧，更有對所識女子之愛。這裡的愧是真的，愛也絕不摻假。

寶玉心之所系，是天下至真至潔的女兒們，因謗言受鞭笞也心甘情願。脂批有言：一日賣了三千假，三日賣不出一個真。真情難得，真情難覓。寶玉之真，卻往往以真言托出，反弄出種種遺憾。年輕公子看到金釧這樣的俏麗丫鬟，發了肺腑真言，反倒害了金釧性命。寶玉並未圖謀金釧的美貌，卻因言犯禁，釀成大禍。

在端木蕻良的《曹雪芹》當中，平郡王納爾蘇之子福彭，未及大婚已有數位丫鬟在側，仍假意騙取兩位姑娘的歡心。這兩人一個是做宮中繡娘的姐姐大妞，一個是諢號「金鐘娘娘」、打鐵鑄劍的妹妹二妞。若不是因為一顆一模一樣的「紅豆」，姐姐仍以為福彭是真心以待。「此物最相思」的紅豆，卻成了貴族子弟尋歡作樂的工具。以虛情假意，謀取女子的美貌，福彭表面上倒是裝模作樣，能言善道，揮灑自如，皇親貴戚間周旋自如。

賈寶玉屬於傳統時代，社會環境和教化，他必定受到影響。但寶玉卻擁有一雙不一樣的眼睛。他容許

晴雯與自己拌嘴吵架，願意為麝月篦頭，喜歡到襲人家裡品嘗煙火人間，不假思索給困倦的金釧餵香雪潤津丹，看到站在風裡衣衫單薄的紫鵑就想關懷，面對畫「薔」的齡官頓悟各取各淚。然而面對祖母父母，以至於代表他們權威的管家奶奶們，他能做的只是為她們遮掩，為她們擔憂。人無法脫離時代，脫離了時代的人物，也就大不似當時的人情世故了。

蔣玉菡為忠順府迫害，賈寶玉受胞弟讒毀，最終受了賈政極重的鞭笞。不言賈環之猥瑣狡詐，忠順府的赫赫威勢，不是一個寶玉能擔當得起的。王權之大，對人的迫害有多嚴重呢？戰國時期宋國國君康王殘暴，掠捨人韓憑之妻息露，息露趁出遊時自盡，康王仍不讓其夫婦同穴。息露留下這樣的詩句：

> 南山有鳥，北山張羅。
> 鳥自高飛，羅當奈何！
> 烏鵲雙飛，不樂鳳凰。
> 妾是庶人，不樂宋王。

志堅如此，最終仍是殞命。康王敗國，宋國內亂，在齊人的侵略中出奔而亡。這可算是為其暴虐所付出的代價。

蔣玉菡身為伶人，忠順府作踐迫害更是肆無忌

懼。寶玉對王孫公子不以為意，獨對蔣玉菡一見如故。在賈政這樣迂腐夫子看來，這是在外流蕩優伶，表贈私物。對於一個望子成龍的老父而言，經不起賈環的讒言挑唆，拿來便要毒打。寶玉哪裡知道，私下與蔣玉菡所說的話竟會傳至忠順府中。在忠順府長史官的威逼下，在父親的威嚴下，一開始是咬緊牙不說出蔣玉菡藏身之所的。脂批有言：寶玉其人，愛之有餘，豈可撻者？用此等文章逼之，能不使人肝膽憤烈，以成下文之嚴酷耶？如果說一個十幾歲的少年面對王府官員逼問，面對父親的盛怒，仍泰然自若，不驚不懼，反而不近情理了。

即便在父親的板子下鮮血染褲，幾度昏死，寶玉仍說，就算為了這些人，死了也甘願。賈政倘或知道寶玉之志，便知打罵無用了。

為滿府女兒乃至天下女兒憂心不已的寶玉，往往事與願違，甚至常常「弄巧成拙」。茗煙與小丫頭偷偷乾那警幻所訓之事，被寶玉無意間撞見。身為主子，既要回護貼身的小廝，更心疼那並不相知便以身相許的丫頭。這樣的下人私會，如果是賈珍等發覺，必是重罰。寶玉提示那丫頭「還不快跑」，又攔著說「我是不告訴人的」，急得茗煙直跺腳，這分明是告訴人了。

少年公子哪知這府裡的千奇百怪、盤根錯節。寶玉是塊「痴玉」，金釧跳井，他五內俱催，想到自己當日言行冒撞，悔之晚矣。司棋被逐，周瑞家的等一乾老嬤嬤挾私報復，毫不留一點人情。寶玉阻攔，老嬤嬤們卻搬出聖賢文章，直言寶玉去念書是正經，寶玉又急又氣，含淚說：我不知你做了什麼大事，晴雯也病了，如今你又去。都要去了，這卻怎麼的好？於事無補，卻發自肺腑。脂批說：淡而情真，實在是妙評。

寶玉能做的，只有看老嬤嬤們去遠了，憤而指狠道：這些人嫁了漢子，染了男人氣味，便比男人更加可殺。人言寶玉懦弱，然而儒道規範人的一言一行，太太的陪房，若是無故受了少爺的指罵，告舌小人添油加醋，又足夠寶玉受的。彩雲替賈環偷了玫瑰露，卻陰差陽錯，牽三掛四，讓好人蒙冤，平兒機變，寶玉立時應了「罪名」，保全了丫頭們的性命，也全了探春的顏面。若是此等小事，但凡遮掩得過，寶玉可說是無所不為的。

正是這樣的冷酷世情與真情的對比，才更顯舊時女兒的悲涼命運，也更知有情之人難存於無情的環境。挾私之人，打著仁義幌子，讒言謗語，讓寶玉、黛玉等公子小姐常受其害，甚至於誤了終身。丫頭們

的命運更讓人不忍卒讀。

賈寶玉曾於酒席上做過一首女兒令：

女兒悲，青春已大守空閨。
女兒愁，悔教夫婿覓封侯。
女兒喜，對鏡晨妝顏色美。
女兒樂，鞦韆架上春衫薄。

和曲為：

滴不盡相思血淚拋紅豆，開不完春柳春花滿
畫樓。
睡不穩紗窗風雨黃昏後，忘不了新愁與舊愁。
咽不下玉粒金蓴噎滿喉，照不見菱花鏡裏形
容瘦。
展不開的眉頭，捱不明的更漏。
呀！恰便是[19]遮不住的青山隱隱，流不斷的綠
水悠悠。

畫樓高床，玉粒金蓴，一樣難逃世間的悲喜，
榮華的輪轉，人生的無常。寶玉願為弱水三千化為灰
煙，卻敵不過世事無常，天命難違。

---

19 「恰便是」，亦有作「恰便似」，即「恰便似遮不住的青山隱隱」。

寶玉「杜撰」中的事假情真

自言本是京城女，家在蝦蟆陵下住。

十三學得琵琶成，名屬教坊第一部。

　　　　　　　——白居易《琵琶行》

寶黛初會榮慶堂，這一次「一眼萬年」，注定是絳珠仙子與神瑛侍者的人間痴夢。

黛玉方才被二舅母王夫人打了一劑預防針，說自己的兒子是個「孽根禍胎」，最愛在姊妹隊裡生事的。如今一見，寶玉所有，一是容貌，二是才情，三是痴意。三者集於一體，逃不過一個「真」字。因此，黛玉與寶玉都覺對方似曾相逢，頗有前世今生之感。然而，就是這位姓賈的「真寶玉」，一登場便來了一句杜撰。

寶玉對黛玉搭訕說：「這個妹妹我曾見過的。」在世俗人看來，寶玉又是「胡說」，賈母說「你何曾見過」，眾人也覺得怕是寶玉犯了痴病，或是一句討巧賣乖的俏皮話兒。在《紅樓夢》的設定中，一日「情」，二日「真」，寶玉這位神瑛侍者，見到「僅」修成一個女體的絳珠仙草，難言真情，外人卻以為「假」。

寶玉因與黛玉攀談，知道黛玉無字，便贈了一個妙字給黛玉，曰「顰顰」。而這「顰顰」二字的出處，寶玉稱，《古今人物通考》上說，西方有石名黛，可代畫眉之墨。黛玉眉尖若蹙，「顰顰」二字最合宜。讀書人皆知，《古今人物通考》查無此書，更不要說其中的典故了。探春有言：「只恐怕又是你杜撰。」

　　寶玉如何作答？他表示，除《四書》之外，杜撰的太多，「偏只我是杜撰不成」？《古今人物通考》不真，但此話不假。上至《詩經》故事源考，下至歷代帝王、傳奇人物軼事，至今爭論頗多，咬文嚼字、斷章取義、以訛傳訛，倒成就了不少流傳千年的典故。

　　最典型比如《三言》的作者馮夢龍。為了起到警世、喻世的作用，根據不同的典籍、傳說，在杜撰的基礎上再杜撰加工，豐富其內容，擴展其精神，生動其性格。皇族權貴、士子大夫、三教九流，在馮夢龍的筆下都生機勃勃、性格鮮明。其情節之跌宕，故事之精彩，引人入勝，動人心魄。

　　故事是假的，情是真的。

　　不少人辯解稱，西方有石，所指乃是西域傳來的畫眉之黛，為當時京西流行的一種說法，確有其事。即便此言不假，卻也大可不必。世間之事，世間之情，認假為真、以真為假確是常情，真假交錯更是常

態。賈寶玉真的「腹內草莽」、空有皮囊麼？寶玉的草莽，恐怕是不願走科舉應試之路，不求於經濟事務中顯達。

因此，寶玉笑對探春的那句話有沒有道理？其實是頗有道理的。根據歷代傳說、部分史實所杜撰的著名書籍流傳甚廣。經陳煒舜考證研究，歷代話本當中，涉及唐玄宗李隆基、隋煬帝楊廣、金廢帝完顏亮、宋太祖趙匡胤等人的傳說，都參考融會了不少前世作品。這些作品對宮闈細節、出生天象、天家秘事的描述，有不少相互借鑒、彼此雷同之處，不少細節既符合歷史的大概脈絡，又融入了不少世俗的想象力。

我們不禁要問，以馮夢龍作品為代表的話本文學，是否因為「杜撰」，而被應該進入打擊假書的行列，為世人所拋棄呢？顯然沒有。恰恰相反，這些故事融會前世作品，充分運用民間想象，增刪細節，豐富故事，成就了榜樣性的作品。其間不乏對「杜撰」細節的繼承和自我想象的豐富，而作品所傳達的情感之飽滿、情節之曲折，確能打動人心。

例如，文采飛揚的唐明皇，留下的傳說甚廣，夜遊廣寒宮，駕臨潞州城，暗記《紫雲曲》，傳與楊太真，是為《霓裳羽衣曲》。不過是前人古書留下的傳說，經過「杜撰」改編，使得明皇篤好音律的風流帝

王形象，深入人心。又如趙匡胤千里送京娘，也多來自傳說，經過增添細節，讓趙匡胤這樣一個開國帝王的形象生動起來，縱然是為了教化目的，卻在百姓中流傳甚廣。

古時讀書人應考，為求科第功名，需要閱讀不少教輔書籍，類似與今天考試的「划重點」。這些書籍不僅不是杜撰，反而可能是實實在在的「歷年真題」，是讀書人寒窗苦讀應試備考的「真經」，但是流傳下來的應該是一本也沒有。在「熙寧變法」期間，王安石變法一派，為了更多「教化」年輕學子，編撰了不少解讀經典的「教材類」書籍，形成了王安石版新三經（《周禮》、《詩》、《書》），是那一時期的應試必讀。然而王安石流傳廣泛的經典作品，永遠不會是這些「重點教材」。

著名的武俠小說作家金庸先生，出道前最早一部「作品」是一本教輔書籍，旨在幫助普通考生應試重點中學。但是如果沒有後面的「飛雪連天射白鹿，笑書神俠倚碧鴛」，恐怕世人也不會知道這本如假包換的教輔書籍。

在寶玉出場之前，作者進行了大量的鋪墊。冷子興與賈雨村演說榮寧二府，說到寶玉抓周，伸手只取脂粉釵環，恐怕是政老口中的「酒色之徒耳」。而寶

玉常說的「女兒是水做的骨肉」，冷子興認為將來「色鬼無疑」。賈雨村借古喻今，認為寶玉屬「正邪兩賦」而來之人，所謂「其聰俊靈秀之氣，則在萬萬人之上；其乖僻邪謬不近人情之態，又在萬萬人之下。」正邪兩賦之人，生於富貴高門，則是情痴情種；生於詩書寒門，則為逸士高人。哪怕是更低的出身，也會成奇優、名娼。

如何理解正邪兩賦，冷子興賈雨村認為左不過是「成王敗寇」。以今日眼光再看，亦正亦邪，必定是頗有個性的鮮活之人。作者刻意留下懸念，使得賈寶玉在林黛玉面前方露真容，其為人看似散漫不羈，卻是個動真情、為情痴的性情中人。

花襲人的名字，是寶玉根據「花氣襲人知驟[20]暖」所得，比起本名珍珠，的確俏麗生動。賈政斥之，認為這名字起得刁鑽古怪，寶玉不讀聖賢書，「專在濃詩艷曲上作功夫」，對其「不學無術」又是一頓臭罵。然而寶玉卻不願領受母親善意的謊言，假說襲人名字是賈母所取。寶玉不僅熱愛生動的杜撰，而且甘冒父親責罵的風險，也要承認是自己的「作品」。

與王孫公子、奇優名娼共聚時，寶玉曾寫出一首

---

20 原詩為「驟」，原文為「晝」。

生動的女兒曲，不僅毫無「忠君明理」的聖賢準則，還引用王昌齡的名句「悔教夫婿覓封侯」，生動表達了閨中女子的春愁秋怨。以至於後面為晴雯所作的芙蓉女兒誄，為林四娘所寫的古體詩，通通是想象力極高的「杜撰」作品。林四娘的故事僅為一句傳說，寶玉卻可以杜撰出十足的細節，擴展至豐富的層次，這不僅僅是才情使然。

從本質上來說，作者所表達的是恰恰是寶玉這種精神氣質。每日讀書，先生教的價值觀是什麼？是忠君、明理、入世之學。考試考的是什麼？是八股文章，是經義策論。對於當時的讀書人來說，科舉應試才是第一位的，經義之學、八股之文由術而道，深深影響著整個社會的風向。

應試之風始於兩宋。整體而言，科舉對歷史與詩賦的考核在慢慢萎縮。經義為要，不談詩賦，史書可有可無。甚至以「德」取人竟在兩宋時一度盛行，蘇軾所謂「教天下相率而為偽也」，一語道破此間真假。

科舉已經不是一個制度，而是在構建一種社會組織架構。

賈政深知其中的利害。《四書》是科舉的必考內容，無論是背誦還是申發議論，都是考試的法寶。他想用自己的人生經驗讓兒子複製成功，甚至在仕途上

超越自己，延續家族榮耀。賈政偶然也曾發覺，寶玉才思敏捷，才情橫溢。想到形容猥瑣的賈環、永遠失去的賈珠，便不再硬得起心腸來。

對於是不是考核學生的詩賦能力，宋代大儒們爭論不斷。真性情的蘇軾曾經發表了與眾不同觀點。「自政事言之，則詩、賦、策、論均為無用矣」，但是「文章華靡者」未必不是「忠清鯁亮之士」，「通經學古者」未免也會「迂闊矯誕」。而自唐至今，「以詩賦為名臣者，不可勝數。何負於天下，而必欲廢之？」既然文與道未必合一，有道者未必能文，廢黜詩賦之學實無必要。

也許賈政看到了寶玉做詩為賦時所展露出的才氣，也回想起自己年少時不愛讀書的模樣。自己年少時的奇思妙想和遠大理想，一一被消磨在日復一日裡，多少有點感傷。情感是暫時的，現實是殘酷的。寶玉這樣的品格，倘或賈珠還在，也許可以成就一個風流才子的佳話。賈珠早逝，寶玉自然重任在肩。

賈政與眾幕僚談論尋秋之勝，閒談間提起一段「風流雋逸、忠義慷慨」之奇聞野史。「忠義慷慨」為名，「風流雋逸」為實。不知哪朝哪代封於青州的恆王，最喜女色，選了許多美女，卻教其習練武事。林四娘為恆王最得意之人，統轄諸姬，封為「姽嫿將

第六章　玉品金心

227

軍」。「嬝嬈」二字,出自宋玉《神女賦》:「既嬝嬈於幽靜兮,又婆娑乎人間。」

可見老夫子亦有閒情時,端方如賈政,此刻也羨慕起恆王來。將《四書》註疏、朝廷俗務忘得一乾二淨,得此片刻想象中的嫵媚風流。林四娘本為恆王姬妾,卻深得恆王賞識,更因青州寇患,為恆王衝鋒陷陣,直至戰死沙場。賈政洋洋灑灑數百字,將林四娘的「義舉」娓娓道來,頗不似平日形狀。

有如白居易創作《琵琶行》。序言僅寥寥數句,「余左遷九江郡司馬。明年秋,送客湓浦口,聞舟中夜彈琵琶者。聽其音,錚錚然有京都聲。問其人,本長安倡女,嘗學琵琶於穆、曹二善才。年長色衰,委身為賈人婦。遂命酒使快彈數曲,曲罷憫然。自敘少小時歡樂事,今漂淪憔悴,轉徙於江湖間。」白居易遭貶出京,聞得京城樂聲,悵然感慨,寫下長詩一首。其間「名屬教坊第一部」、「五陵年少爭纏頭」、「弟走從軍阿姨死」增擴出不少細節,雖不可考其真實,卻發自詩人的真心真情。

林四娘的故事顯是杜撰而來,經過明末清初一眾文人的「文藝加工」,成了賈政所謂的前代應加褒獎之列。足以說明,即便如賈政這般「克己復禮」之人,一樣對風流雋逸充滿想象和期待。何況寶玉這樣天生

而來的真情痴意之人？寶玉逢此良機，豈能沒有好詩文呢？

賈政曾傳話入學，命代儒講明《四書》，不必《詩經》。此刻卻鋪紙執筆，寶玉念一句，賈政寫一句。賈政雖口裡仍是「到底不大懇切」等謙辭，卻如同借寶玉之口，發難言之「志」。可見，杜撰是文人墨客們最喜歡、最風雅的表達真情的方式。

為什麼杜撰的作品能流傳甚廣甚至十分深入人心呢？因為作者根據自己的真情實感再次加工了歷史人物和歷史事件，豐富細節，充分表達情感。例如君亦有情、俠肝義膽、倡優有道，雖然故事細節是假的，但情感是真實的。

賈母曾在女先生說書時「掰謊」，說這些才子佳人的話本，足見不真，恐怕是用來詆毀世家大族的。小姐身邊的嬤嬤都哪兒去了？只遇上一個清俊的書生，父母也忘了，書禮也忘了。賈母掰謊掰得好，打假打得妙。但是細想一下，難道沉浸其中的青年公子小姐信以為實麼？不是的。他們當然知道，故事裡都是騙人的，他們的人生必須遵循舊禮的約束，服從家族的安排。對於這些金尊玉貴的王孫公子、千金小姐而言，真實的活一次，哪怕一天，可能也是他們遙不可及之處。

因此，薛寶琴明知蒲東寺、梅花觀為杜撰名勝，仍將其混於古蹟之中，新編懷古詩，以抒發青春流逝的感懷。林黛玉自然知道《西廂記》、《牡丹亭》是小說創作，卻因為一句「如花美眷，似水流年」驚了芳心，想到「水流花謝兩無情」之詩句，念及《西廂記》中「花落水流紅，閒情萬種」之詞，萬般情思，湊在一處，感懷身世，淒然淚下。寶玉當然知道晴雯司花是小丫頭寬慰之詞，但依然以此杜撰出感花動月的《芙蓉女兒誄》，「始知上帝垂旌，花宮待詔，生儕蘭蕙，死轄芙蓉。聽小婢之言，似涉無稽；據濁玉之思，則深為有據。何也？昔葉法善攝魂以撰碑，李長吉被詔而為記，事雖殊，其理則一也。」

賈寶玉不假，他的精神世界是個「真」字。這種「真」其實體現在寶玉為人的方方面面。例如晴雯跌了扇子，一開始寶玉是不悅的，但是轉念一想，扇子一輩子的宿命也未必就是扇涼用的，為了美人開心，也可以撕上幾把。又比如不管是什麼香餅，只要心意是真的，就能讓芳魂有知，靈魂得安。

寶玉身上的這個「真」字往往弄得他狼狽潦倒，動輒得咎。他卻不為所動，杜撰出種種「似涉無稽，深為有據」的詩句文章，只為薄命司中萬艷同悲，千紅一哭。

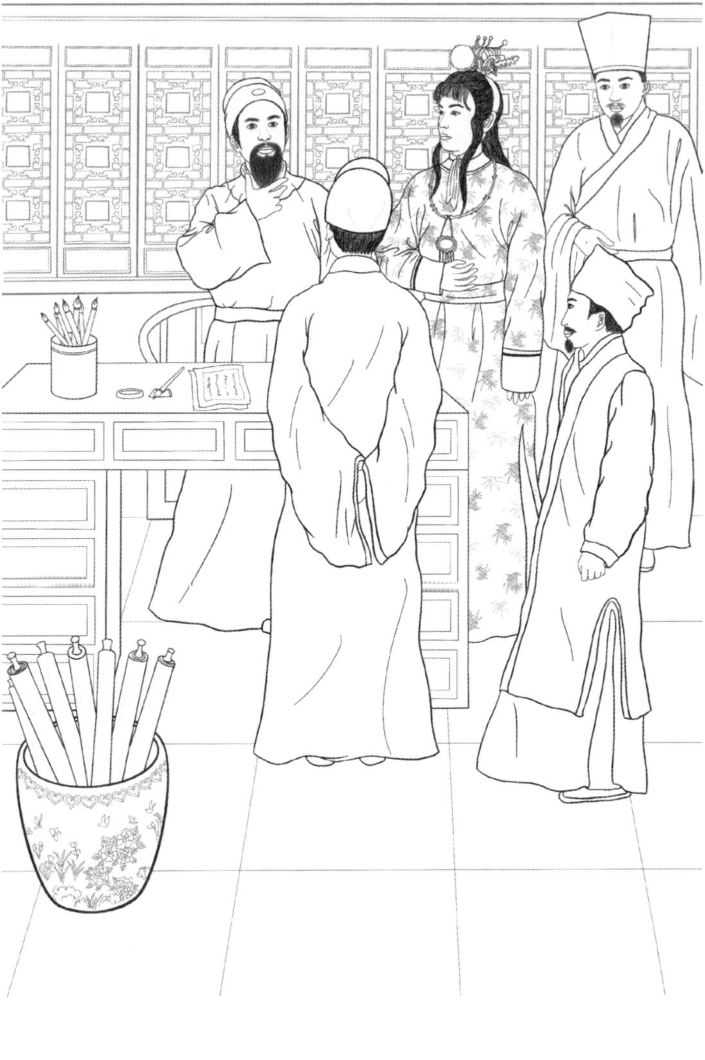

從林紅玉到林小紅

> 自是君身有仙骨，世人那得知其故。
>
> 惜君只欲苦死留，富貴何如草頭露。
>
> ——杜甫《送孔巢父謝病歸游江東，兼呈李白》

周汝昌說，「玉」是《紅樓夢》繞不過去的話題。玉既象徵著高潔，石能通靈，又代表著天地之靈，人心之靈。

林紅玉，賈府管家林之孝的女兒。她的名字裡，有林，有紅，有玉。「慧紫鵑情辭試忙玉」一回當中，寶玉因擔心林家的船來接走林妹妹，不許聽到姓林的進來，林紅玉的母親觸了寶玉和賈母的晦氣。

西山有石名黛，可代化眉之墨。這是寶玉初見林黛玉的時候所杜撰的。黛為西山之石，黛玉是個有靈氣的女子，黛石可代化眉之墨，眉眼是人的靈氣所在，因此黛石不是凡石，黛玉不是凡人。

林紅玉的名字與黛玉恰為對照，黛為青黑色，青是為有情。「紅」是《紅樓夢》的題眼，太虛幻境之中，「千紅一窟」、「萬艷同杯」，「紅」象徵著女性，而且是千千萬萬或普通或不凡的女性。可以說，紅玉是黛玉的世俗對照。

紅玉在賈府的下人中，出身不低。在寶玉的眼裡，她「容長臉面，細巧身材，卻十分俏麗幹淨」，而在賈芸初見時，紅玉也是「生的倒也細巧乾淨」。紅玉的相貌雖然不像平、襲、紫、鴛、晴那麼出眾，放在世家公子眼裡也是俏麗甜淨的。

然而紅玉卻一直沒能走到主子跟前兒去，在寶玉房裡也是個不得近身的丫頭，只做些燒茶水、餵雀鳥的粗活，連麝月秋紋都瞧不上她。倘或一日湊巧為寶玉倒了一杯茶，還要受到姐姐們的奚落。如果紅玉的父母是來旺那樣倚勢霸道的人，以紅玉的容貌、機靈，可能早就被送到太太們跟前了。

林紅玉這個名字犯了寶玉、黛玉的諱，紅玉因此改名小紅。「玉」字雅致，小紅的父母不俗。鳳姐卻說：得了玉的益似的，你也玉，我也玉。恐怕在鳳姐看來，名字不過是一個符號。小紅不管叫不叫紅玉，但是辦事利索，口齒伶俐，鳳姐交代的差事，一件不落，說得明明白白。鳳姐喜歡，立即收入麾下。

鳳姐初見小紅，便是她的名字與來歷都不知道的。小紅為鳳姐傳話、辦事、取東西，路上被趾高氣揚的晴雯等人一番羞辱。晴雯認定小紅是個偷奸耍滑之人，小紅解釋說是為二奶奶傳話拿東西的，晴雯冷笑，果然是攀上了高枝兒。小紅委屈，卻未還一言。

鳳姐使喚小紅取東西時，小紅曾答言：若說的不齊全，誤了奶奶的事，憑奶奶責罰就是了。甲戌側批有言：「操必勝之券。紅兒機括志量，自知能應阿鳳使令意。」對小紅的評價，可謂精準。

小紅的紅，是有能力的紅，是女性非常有光芒的一面。紅玉去掉了玉字，卻沒有丟掉玉的氣質。紅玉的「玉質」在內不在外，她跳脫出階層的束縛，勇於追求事業和情感。小紅深知怡紅院中皆是伶牙俐齒之輩，正如脂批所言，離怡紅意已定矣。紅玉是鮮活的女性，她深知自己無法在寶二爺處出頭，偶然遇到鳳姐，果真現出其才智本色。

那麼我們可能會問，什麼是「玉」的氣質？

玉是中國精神文化中一個非常獨有的象徵，簡單而言，玉是經歷磨礪之後的美物。頑石主動迎接風雨的洗禮，丟掉身上的雜質，成為一塊美玉。美玉並不璀璨耀眼，散髮著傲然於世的潤澤之光。愛玉者，很難沽名釣譽，因為玉之價值難估，愛者視若珍寶，不愛者棄如敝屣。哪怕是傳世之玉和氏璧，楚國兩代君主無此慧眼，也是流落山野的命運。

中國很習慣用「玉」來形容佳人、美物。在翻譯的佛典《法華經》當中，娑竭羅龍王幼女成佛，與善財童子一起輔助觀音，被稱為玉女。我們現在時常用

「玉女」來形容品貌俱佳的女性。因此，「玉」不僅美，還有靈性。

小紅的「玉」質在哪裡？鳳姐使喚小紅去傳話取東西，沒想到小紅果真如鳳姐見到的那般「乾淨俏麗」，事情辦得乾脆利索，說話也不拖泥帶水。鳳姐不知這丫頭是誰，經李紈這樣所謂不問俗務之人的提示，方知道小紅是林之孝的女兒。鳳姐對林之孝兩口子如何評價？都是「錐子扎不出一聲兒來的」。而小紅雖然也生得不錯，卻埋沒在大觀園之中。

可以說，小紅正是那塊「紅玉」，聰明能幹，志向遠大，卻不會利用自己家生女兒的身份，張揚自己。

紅玉對賈芸的青睞，不是因為賈芸的權勢或者金錢。初見面時，賈芸處於低谷。依靠榮寧兩府謀差事的族內子弟眾多，賈芸沒有嘴巴「乖滑」的母親，不會奉承。就連討好鳳姐的禮物，都沒有銀錢置辦。一個偶然的機會，賈芸跟寶玉投了緣，來寶玉的書房求見。小紅不似只顧答應傳話兒的丫頭，把寶玉今日未歇中覺、晚飯吃得早、不得空出來等實情說給焙茗。此時小紅並不認識賈芸，更談不上有什麼交情，小紅不拿大，說話簡單乾淨，給賈芸也留下了深刻的印象。

寶玉作為小紅的主人，不認識小紅。這塊玉，正靜靜的待在匣子中。秋紋碧痕說小紅會討巧，讓她去打水她推說有事，卻因為寶玉要茶恰好沒人，小紅去給寶玉倒茶。小紅倒茶的原因倒也簡單，一是主人要喝茶，二是為幫賈芸傳一句話。紅玉的玉品，不是附庸風雅和待價而沽，她行事簡明利索，但也不受人欺侮利用。

大家族府內丫鬟們的鬥爭，端木蕻良的《曹雪芹》當中有一段生動地描寫。曹霑的表哥、納爾蘇的兒子福彭手下丫鬟們為求顯揚爭鬥不已。因為曹霑的一句玩話，伺候茶爐的丫鬟茶仙被叫上來，成了扎小仙女風箏的模特兒，福彭的大丫鬟澄心趁機把嘴不饒人的筆花趕了下去。

按照晴雯的話說，小紅原本就是看茶爐、餵雀兒的一般使喚丫頭。即便是得了鳳姐的青眼，傳句話、拿個東西，也是「爬上高枝兒」。在時代的環境下，做下人的身不由己，每個人都為了保住自己的「位置」極盡所能。

大觀園裡的每個人，可以說都具有世俗意義上的兩面性，無論主僕。賈雨村在跟冷子興討論榮寧二府時，對世人下了一個「正邪兩賦」的結論，然而雨村功利，只知成王敗寇，所謂「大仁」者，也未必就沒

有「乖僻邪謬」。

　　紅玉原本分配在大觀園中，正好是後來寶玉所居怡紅院地界，然而寶玉自然有近身的丫鬟們伺候，紅玉也因為重了寶玉的名字，改叫小紅。紅玉有才有貌，自然也想有所「長進」。玉往往包裹在厚厚岩石殼中，未曾打開，便不知道是美玉還是廢石。自然的風霜砂石，會對玉的外殼進一步侵蝕打磨，讓玉質、玉色進一步發生質變。每一塊美玉，自然都期待賞識，小紅的追求，不損她的「玉」質。

　　小紅未曾求父母給自己一件好差事，為自己謀一椿好姻緣。小紅與鳳姐偶遇，是將遇良才。小紅得以展才，非一心鑽營得來，憑借是自身的能力志量，又有鳳姐這位裙釵齊家者的賞識。小紅的玉品是天生而來，俗人不知其故，總以為是機遇使然，討巧使然。紅玉並不希圖跟著鳳姐富貴跋扈，而是有才之人得以一展抱負。小紅與賈芸相遇，彼時賈芸身無長物，在舅舅家借貸，吃了舅媽一頓數落。小紅對賈芸的心意，並無攀附之想。

　　滴翠亭裡，小紅說出了自己的心事，不過擔心被人聽了去，打開了窗戶。正好碰到在這裡「往裏細聽」的薛寶釵。寶釵以為小紅「姦淫狗盜」，私下議論本家子弟，不合禮數。周汝昌在《紅樓十二層》裡解讀，

小紅不是「淫邪」之輩，初聞外書房有男聲，是「回避的」。後小紅知道賈芸是本家男子，又是寶玉的侄子輩，才來傳話，體貼賈芸，不至於乾等著挨餓。

小紅並沒有一開始對賈芸就有「邪念」，或者說就是動了「心思」。賈芸儘管對小紅印象深刻，但也並沒有輕薄。賈芸讓墜兒傳帕子，並未提到一個「謝」字，只是墜兒年幼，小丫頭們之間廝鬧，問小紅有什麼謝賈芸的。本是一句玩話，落到「女夫子」耳朵里卻不得了了。

小紅和賈芸的愛情是萬艷同悲當中的一絲溫暖。小紅是丫頭裡不可多得的有才之人，賈芸是本家子弟中難得的有情有義之輩。紅玉成了小紅，小紅卻從不失「玉品」，不改「金心」，有遠大的志向，有爽利的行事，有追求愛的勇氣。

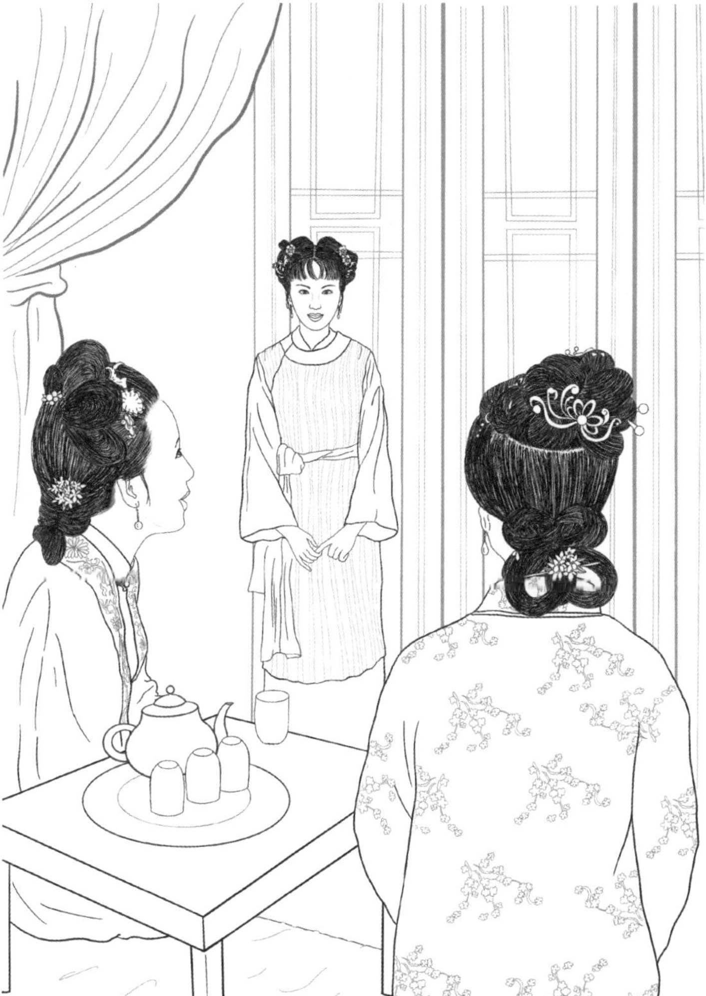

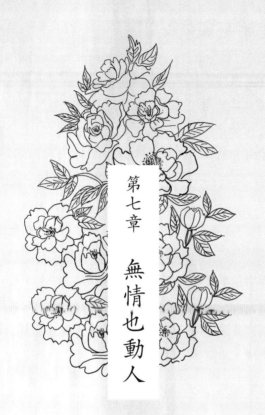

第七章　無情也動人

釵襲亦是薄命女

春日游。杏花吹滿頭。
陌上誰家年少,足風流。
妾擬將身嫁與,一生休。
縱被無情棄,不能羞。

——韋莊《思帝鄉》其二

「襲為釵副」這個提法見於原著第八回的脂批。寶玉酒醉而歸,卻聽晴雯說,自己留與晴雯的豆腐皮包子被奶母拿走,心下不快。而後知「遙映」千紅一窟的楓露茶也被李奶奶端走,動了大怒。脂批有言,比照後文酥酪一事,感嘆「晴有林風,襲乃釵副」,人情世故,晴雯不及襲人甚遠。

糾糾葛屨,可以履霜。
摻摻女手,可以縫裳。
要之襋之,好人服之。
好人提提,宛然左辟,佩其象揥。
維是褊心,是以為刺。

這是《詩經》魏風當中的一首《葛屨》。這首詩生動描述了一位高傲婦人,在他人服侍穿衣打扮的

過程中，表現出的傲氣和不屑。聞一多先生說，衣服是妾室所製，夫君為嫡妻穿上，嫡妻流露出不滿與不屑。其他學者認為，恐怕是諷刺貴婦之冷漠無理，女工之辛勞可悲。

這些解釋皆有理，無論如何，「好人提提，宛然左辟，佩其象揥」這幾句可謂是十分傳神描述出了高傲女子的神態動作。不得不讓人聯想起晴雯雙手叉纖腰，立起杏眼罵小丫頭們的樣子，又或者是與寶玉頂嘴的樣子。

從接人待物的角度來看，襲人比晴雯確實更懂世故，傳情達意，盡量與人方便，求得兩全。同樣是寶玉特意留下的吃食，襲人對於酥酪，不以為意，甚至安慰寶玉，酥酪好吃，卻易腹痛，不吃也罷。晴雯卻因為一碟豆腐皮包子，使得寶二爺大動肝火。

周汝昌說寶釵有「識量」，襲為釵副，襲人識量如何呢？在賈府的丫鬟中，襲人於人情世故中的見識，也不算淺。儘管主僕有別，眼界有別，為人處世，頗有圓融之道，於激流中能立身不倒。這種藏拙與城府，卻成了讀者爭議的焦點。有學者認為釵襲犬儒，亦有讀者認為釵襲偽善。

花襲人，本名珍珠，也有版本作蕊珠，並非賈府的世僕出身。花家曾家道艱難，只襲人還值幾個錢，

遂賣與買家為婢。先侍奉賈母，又伺候湘雲，最終撥給了寶玉，「吃穿與主子一樣，又不朝打暮罵」。長兄勤力，又整得家成業就，想為襲人贖身，擇一門親事，以全亡父之心願。這本是好事，襲人卻痛哭不依。此處不少人對襲人有微詞，寧為侯門妾室，不做草民正妻。

襲人是否為見利忘義之人？非也。姨娘雖非女兒最好歸宿，然寶玉深情，有「幽微感觸之心」，具「痴妄委婉之意」，非一般的世家公子可比，亦非世間一般的男子可比。襲人對寶玉之情，合情合理。

紫鵑曾對黛玉說，多少男人，娶得天仙，不過三朝五夕，就丟到「脖子後頭」，遠不如找個「知疼著熱」的人。寶玉挨了老父親的打，襲人問過焙茗，只說琪官一事，是薛蟠嫉妒說出來的，寶玉疼得那樣，卻說「薛大哥哥從來不這樣的」。寶釵不由得感嘆，疼得顧不過來，還是這樣細心，可見在我們身上也算「用心」了。連平兒受了委屈，寶玉也要人服侍她洗臉梳妝、安慰排遣，平兒心內感慨，「果然話不虛傳」。寶玉對女兒之情，不止襲人一人有感。

釵襲皆是舊禮的奉行者，儘管深知寶玉之細心，寶玉之柔情。「妾擬將身嫁與，一生休。」這樣的內心獨白，永遠不會外露。寶釵如此，襲人亦如此。二

人深知寶玉之好，亦深知寶玉不喜讀書、不屑名利，仍願將身嫁與，只不露痕迹。

春恨秋悲皆自惹，花容月貌為誰妍？

寶玉所識之所有女子，或隨分守時，或孤高自許，或率直活潑，或溫柔沉默，或聰敏練達，或孤傲內斂，皆非「鬚眉濁物」可比。她們卻難逃薄命，縱有花容月貌，或春恨秋悲，或落花逐水。所謂「萬艷同悲」、「千紅一哭」，正是此意。

劉郎已恨蓬山遠，更隔蓬山一萬重。

平蕪盡處是春山，行人更在春山外。

夜深忽夢少年事，夢啼妝淚紅闌乾。

在那個時代，女子往往不得不承受相思之苦、生離死別、春愁秋怨。寶玉對天下女子之「情」，有一份深深的同情。寶玉認黛玉為一「知己」，唯二人皆是情真性靈之人，聽到「如花美眷，似水流年」，傷感不已；看到《西廂記》都覺「詞藻警人，余香滿口」。寶玉也感嘆寶釵之才識，感念襲人的溫柔。

寶釵的性格，較之黛玉，沉穩老練，少了幾分瀟灑豁達。她的識量、謀略和抱負，反而成了她身上最

大的壓力。襲人身為寶玉的丫鬟，圓融委婉，較之晴雯，少了幾分恣意直率。薛府式微，呆兄愚魯，不得不權衡再三，八面玲瓏。襲人奴婢之身，既非賈府家生，又無父兄依傍，襲卿為人，不得不謹慎求全。

時代使然，忠君明理、求取功名，是男子成家立業的必由之路。脂批常言作者自悔，悔的便是荒疏學業、不求進取。寶釵、襲人的勸諫，寶玉斥之為「混帳話」，縱然是情真，卻逃不脫現實之殘酷無情。

欲濟無舟楫，端居恥聖明。
坐觀垂釣者，空 [21] 有羨魚情。

孟浩然的詩句，代表了文人、士人階層對入世的願望，也生動表達了自己懷才不遇的情緒。自西周而下，文官集團是推動中國歷史發展的重要力量，躋身朝野，才能夠實現自己的理想和抱負。

寶釵與襲人，難改其守舊守禮的底色，平生的理想與願望，皆須在禮字之下求得。釵襲有三從之「德」，守尊卑之「禮」。正因如此，寶釵說金釧之怒，是糊塗人所為，襲人談大觀園之「風紀」，須得留心。

---

21 「空」字，亦有作「徒」，即「徒有羨魚情」。

黛玉焉能不知人情世故，世事維艱？寶玉身受鞭笞，黛玉哭勸：「你從此可都改了吧！」紫鵑亦憂心寶玉的聲名，「混帳行子背地裏說你」，還是這般不在意。黛玉性靈而灑脫，不拘泥於舊禮，不在意尊卑，固然可嘆可讚，寶釵之守禮，也不為作惡。脂批也有言：「襲卿之心，所謂『良人所仰望而終身也』。」

芹兄既憐詠絮才，又嘆停機德。空對山中高士晶瑩雪，猶念世外仙姝寂寞林。晴卿風流靈巧，襲卿似桂如蘭。終是於幽微靈秀地，嘆無可奈何天。

脂粉英雄奈何天──紅樓二十四談

如蘭似桂無處訴
——襲人的悲劇

千萬恨，恨極在天涯。
山月不知心裡事，
水風空落眼前花。
搖曳碧雲斜。

——溫庭筠《夢江南》

金玉良緣，落得「到底意難平」的結局。襲為釵
副，終未能結緣公子，嫁於蔣玉菡為妻。留給襲人的，
恐怕是無限感嘆和不平。

枉自溫柔和順，空雲似桂如蘭。
堪羨優伶有福，誰知公子無緣。

如蘭似桂的花襲人，委屈求全，八面周旋，一日
大廈傾頹，亦如大夢一場，千般恨，萬般怨，難與人
訴。

襲人被王夫人稱讚有「心胸」，她的一言一行，
頗合賢妾的規範。襲人勸寶玉，讀書進學、經濟學問、
會談往來，有似另一個寶釵。寶玉卻斥之為「混帳
話」。脂批有言，「堪羨優伶有福，誰知公子無緣」，

罵死寶玉，卻是自悔。

詩書舊族，若無官爵承襲，科第出身為上上之選。寶玉卻稱一心求取功名者為「祿蠹」，賈政的清客詹光、單聘人，都是些阿諛奉承、見風使舵之徒。

寶玉生活的時代，人口激增，科舉競爭激烈，明清兩代，高官家庭出身的進士比例不高。士紳的社會特權卻在明清進一步提升，因此，不少世家子弟，依靠家族蔭蔽，不思進取，亦不在少數。

賈府文字輩，僅賈敬從進士出身，卻沉迷仙道，一心飛升。諸子弟尚無從科第出身者，先人蔭蔽，即將消耗殆盡。襲人身為丫頭，自然不知這樣大道理，但耳濡目染，也知讀書進學能安身立命。何況老爺太太囑咐，襲人自然敬服。

襲人的出身，是花家無奈之際賣於賈府的丫頭，因乖巧美貌，溫柔平和，被賈母指給寶玉。丫頭的出身，是襲人最大的無奈。她深知侯門似海，若要立足，須得依傍公子小姐。寶玉是個憐香惜玉的公子，噓寒問暖，知冷知熱，襲人自然稱心。寶玉流連兒女之情，不思讀書進益，不僅前景堪憂，更要面對老爺太太的責罰。襲人為此憂心忡忡，卻無可奈何。

儒學體系，以「仁」為核心。根據許倬雲的意見，仁的初始含義就是恭敬和認真。恭敬莊重，朋友互相

匡正，約束好自己，是為仁。這也是天下讀書人應該追求的。長期以來，為求「上進」，多少讀書人假意恭敬、虛意逢迎，甚至為達目的，不擇手段。寶玉痛恨這樣的科舉社會，卻無力改變這樣的社會。襲人身為丫頭，並未曾讀書學理，如何能明白這些大道理？又何以能理解寶玉的痛苦呢？寶玉之所以引黛玉為知己，正因如此。

襲人對寶玉處處關心，寶玉挨打，襲人與寶釵之語如出一轍：「你但凡聽我一句話，也不得到這步地位。」如姐如母，卻不知道寶玉為何挨打，為何挨了打仍不怨不恨不怒。為了琪官、金釧這樣的天地之間靈秀之人，寶玉哪怕是化灰化煙也情願，這一番痴情呆意，襲人永遠不會理解。

襲人的規勸，亦有私心。她勸寶玉改了那「愛紅」的毛病，「紅」是天下女子的象徵，紅袖、紅妝，在寶玉眼裡，是點亮這個昏暗污糟世界的一抹光亮。「紅」是世間最乾淨清秀的女子，襲人的兩姨姊妹生得不凡，寶玉說她配得上紅衣；晴雯被逐，與寶玉訣別，曾交給寶玉兩樣東西，一樣是染了紅的蔥管般的指甲，一樣是貼身紅綾小襖兒。寶玉這樣的多情公子，襲人不得不擔心。

襲人處在一個父權時代，女性所有的價值，源自

依附男性。

> 世情惡衰歇，萬事隨轉燭。
> 夫婿輕薄兒，新人美如玉。
> 合昏尚知時，鴛鴦不獨宿。
> 但見新人笑，那聞舊人哭。

杜甫的《佳人》，描述一位曾經的貴族女子，經歷離喪，幽居深谷。「關中昔喪敗，兄弟遭殺戮。官高何足論，不得收骨肉。」這位佳人，經此大痛，夫婿卻已有新人在側，真可謂「昨日黃土隴頭送白骨，今宵紅綃帳底臥鴛鴦」。

襲人無法為寶玉之正妻，體面的姨娘，是襲人的最好歸宿。父權社會中，女性對男性的依附，貫穿女人的一生。未嫁時依附父親，嫁人後依附丈夫，年老時依附兒子。襲人這樣的出身，更得依附寶玉的正妻，做小伏低，分憂解難。

怡紅院內，襲人環視，有模樣針線樣樣出挑的晴雯，有展揚大方、伶俐能幹的小紅，甚至還有俏麗的芳官、清秀的四兒、五兒等人。寶玉視怡紅院的女孩子們如同一樣，如同他喜聚不喜散的性格，若能常聚，似乎便可以長長久久在一起。襲人生活在現實當中，雖然不知道未來如何，但如果寶玉能於仕途有

所進益，賈府尚維持曾經的氣象，若得寶釵這樣的賢妻，相處得宜，襲人便可得一個好結果。

襲人一次疏忽，與眾丫頭園中取樂，寶玉敲門不應，挨了重重一腳。深夜裡，襲人暗自垂淚，為的並非是主子無情，而是感嘆，少年吐血，壽命不長。苦心經營來的地位如果付諸東流，對襲人的打擊，十分沉重。襲人也曾經問平兒，為何太太們的月例都沒放，便也知道了鳳奶奶的月例銀子，也能揣度出一二分賈府未來的氣象。

襲人與黛玉同辰，生辰恰是「花朝」。壽怡紅群芳開夜宴，襲人的花箋是一枝桃花，寫著「武陵別景」四字，有詩一句：「桃紅又是一年春。」此句出自謝枋得的《慶全庵桃花》。

尋得桃源好避秦，桃紅又見一年春。
花飛莫遣隨流水，怕有漁郎來問津。

襲人並非避世之人，作為怡紅院的掌事丫鬟，曾經也志存高遠。武陵源雖好，不過是避難之地，天長日久，了無意趣。賈府敗落，主子收押，奴婢流散。襲人與蔣玉菡結緣，苦命之人相逢，卻非襲卿本願。然而大廈之傾再難復，襲人不得不面對命運的流轉。

花朝，俗稱花神節、百花誕辰。相傳唐天寶年間，

崔元徽喜歡種花。一天夜裡品茶時,花園裡來了一群美麗的女子,其中一名叫做石醋醋的女子,向崔元徽借地,宴請封姨。崔元徽應允,夜宴上,封姨打翻酒盅,污了醋醋的紅裙,醋醋一走了之,封姨不悅。第二天晚上,醋醋向崔元徽說,二月二十一日五更,請崔元徽將繪有日月星辰的赤色錦帶懸上花枝,崔元徽照做。夜晚狂風大作,百花卻安然無損。為報答元徽,花神們請元徽服用花瓣水,助他成仙。

花朝在後世逐漸演變到農曆二月十二。國人愛花,更重花品,如梅、荷、菊、蘭,各有品格。襲人在怡紅夜宴上抽中的花籤是「桃花」,「桃之夭夭,灼灼其華,之子於歸,宜其室家」。桃花象徵著助人家和的品德,與襲人的處事風格暗合。

然而逆風不解人意,寶玉大宴群芳,以甘漿、鮮果供之,卻不能如崔元徽一般,救得百花性命,得道成仙。大觀園群芳,皆難逃草木凋零、落紅逐水的悲慘結局。

元春省親實為「大夢一場」

寵極辭同輦，恩深棄後宮。
自題秋扇後，不敢怨春風。

——崔道融《班婕妤》

判詞當中，元春仙逝的原因，諱莫如深。

二十年來辨是非，榴花開處照宮闈。
三春爭及初春景，虎兕相逢大夢歸。

榴花，往往形容鮮妍明媚的女子情意初現，例如韓愈的「五月榴花照眼明」，李商隱的「榴枝婀娜榴實繁」，還有蘇軾著名的的「石榴半吐紅巾蹙，待浮花、浪蕊都盡，伴君幽獨」。榴花鮮艷，榴實多子，元春恰逢其時。而宮廷之內，讒言謗語，兒朋妻黨，互相傾軋，鬥爭之殘酷，足以讓一個明媚少女日漸枯萎。

故國三千里，深宮二十年。

元春是賈府最得意的第三代，相比於早亡的賈珠、紈綺的賈璉、荒淫的賈珍、「無能」的寶玉、猥瑣的賈環，賈元春所代表的賈府千金，反倒是支撐賈

家富貴短暫延綿的「脂粉軍團」。

元春省親時，謙辭稱，乏吟詠之才。入宮前，寶玉只三四歲，便得元春手引口傳，有數千字在腹內。足見元春善詩文，稟才情，當會「才」選鳳藻宮。這樣的賈元春，為何「二十年來辨是非」呢？

奉旨歸省的時間是正月十五上元佳節，民俗有賞燈、團圓、燈謎、元宵等。道教傳統，天官賜福，地官赦罪，水官解厄。三官大帝的誕辰為三元節：上元節觀燈祈福，中元節普渡孤魂，下元節消災解厄。

在《紅樓夢》中，上元節賞燈，甄士隱丟了一個女兒，就是甄英蓮（真應憐）。賈政的女兒元春以賢德妃之尊，上元節歸省，與祖母、母親相見，便談論起那「不得見人的去處」。皇宮巍峨，不知是多少人想象中的富貴尊榮之地。在元春看來卻是了無生趣，不過是個不得見人之處，遠不如一般人家，父母兒女能享天倫之樂。

元春也曾聖眷日隆，然而政治波詭雲譎，元春如履薄冰，仍無法預知未來。如同衛子夫，有「平陽歌舞新承寵，簾外春寒賜錦袍」之時，也有黯然失落之時，更有絕望自裁的悲劇結局。

「假作真時真亦假，無為有處有還無。」秦可卿說這件喜事「烈火烹油」，縱然有說不盡的「太平氣

象，富貴風流」。然而，榮華正好盼永繼，世事無常難預料。因此賈元春的紅樓夢曲叫做「恨無常」，其歌曰：「喜榮華正好，恨無常又到。眼睜睜，把萬事全拋。蕩悠悠，把芳魂消耗。望家鄉，路遠山高。故向爹娘夢裏相尋告：兒命已入黃泉，天倫呵，須要退步抽身早！」

元春省親，是一幕夢中戲，戲中夢。花團錦簇之時，也是三春凋零之始。元春二十年來所辦的「是非」，是苦心經營的家族榮耀，是難以預料的聖意變換。才藻超逸、恭謹謙遜，都難保無常又到，因此在夢里勸告爹娘，退步抽身早。

> 早被嬋娟誤，欲妝臨鏡慵。
> 承恩不在貌，教妾若為容。
> 風暖鳥聲碎，日高花影重。
> 年年越溪女，相憶採芙蓉。
>
> ——《春宮怨》（周樸[22]）

賈母曾告訴府中眾人，夢中元妃獨自前來，與賈母言：「榮華易盡，須要退步抽身。」賈府諸人不過以為老人家思前想後，不以為然。「月滿則虧，水滿則溢」，元春省親正是賈府的富貴榮華夢一場。在這

---

22 亦有認為此《春宮怨》是杜荀鶴的詩作。

場夢中，元春感嘆「今雖富貴」，但骨肉分離，終無意趣。以元春之慧，何以出此「不敬」之語？元春勸賈政，「田舍之家，雖齏鹽布帛，終能聚天倫之樂」，則是勸告父母，平安喜樂，方才是應該追求的。

元春封妃，賈府毫不知情，合家人心俱惶惶不定。終是聖意難測，更因政局變換，賈府已無御前耳目，更不可能直達天聽。賈府只得著人快馬飛報。得知元春「才選鳳藻宮」，加封賢德妃，一家人一時又「洋洋喜氣盈腮」。人總為眼前，風景正好時，居安思危者寡，喜氣洋洋者眾。

大觀園題匾額時，行至正殿，寶玉說：「見了這個所在，心中忽有所動，尋思起來，倒像那裏曾見過的一般，卻一時想不起那年月日的事了。」「衰草枯楊，曾為歌舞場」，此處似夢還真，大觀園表面上金碧輝煌，卻不過是痴夢一場。榮寧二府，當年笏滿床，一日敗落，不過是陋室空堂。

「崇閣巍峨，層樓高起，面面琳宮合抱，迢迢復道縈紆。青松拂檐，玉欄繞砌，金輝獸面，彩煥螭頭。」正殿如此鋪排，賈政直嘆「太富麗了些」。他日元春薨逝、樹倒猢猻散，此處盛景未免不是「海市蜃樓」。

元春省親的戲單，內有《乞巧》。庚辰夾批，《長

生殿》伏元妃之死。楊玉環聖眷正隆時，「姊妹弟兄皆列士，可憐光彩生門戶」。馬嵬驛之難，「花鈿委地無人收，翠翹金雀玉搔頭。君王掩面救不得，回看血淚相和流。」

賈璉曾說，省親的事情有七八分準了。鳳姐道：「可是當今的隆恩。歷來聽書看戲，從古至今未有的。」賈璉的解釋冠冕堂皇，「如今當今體貼萬人之心，世上至大莫如『孝』字，想來父母兒女之性，皆是一理，不是貴賤上分別的。」又說，今上侍奉太上皇與皇太后，自覺尚不能略盡孝意。

中國歷史上幾位有名的太上皇，大多都是形勢所迫而成，少數幾位手握實權的太上皇也是為了政治需要。「望賢迎駕圖」當中，華蓋之下，明皇老態龍鍾，黃袍在身，神思不屬。

題詠大觀園，賈政和眾人迷了來路，看到迎面「也進來了一群人，都與自己形相一樣，卻是一架玻璃大鏡相照。」在這浮沉世間，可能還有一個賈府，因女兒之榮耀，盡享富貴，惹人羨妒。

在端木蕻良的《曹雪芹》一書中，雍正皇帝元旦大宴公卿，殿上作詩，皇帝和兩位輔政大臣連了前三句後，皇帝突然指向曹頫，命他連句。彼時康熙駕崩，新君登基，曹家正惶惶然揣度聖意。曹頫「惟恐皇帝

看到他，頭也不敢抬，身子一動不動」，結果皇帝偏偏指向他，曹頫只得恭敬續道：

萬方同被慶祥雲（雍正），紅燭輕煙落金閶（雍正代隆科多）。

乾坤正氣四海揚（張廷玉），元旦拜賜升平觴（曹頫）。

元春歸省，黛玉代寶玉做「杏簾在望」一首，「一畦春韭綠，十里稻花香。盛世無飢餒，何須耕織忙？」庚辰夾批，「以幻入幻，順水推舟，且不失應制，所以稱阿顰。」

諸景皆備的大觀園，步步行來，皆是鋪張靡費、得意忘形。縱然恭謹有禮，詩文應制，「天仙寶境」，足以引人側目。

元迎探惜曾在元宵節上製燈謎為樂。分別為炮竹、算盤、風箏和海燈。「一聲震得人方恐，回首相看已化灰。」元春的炮竹燈謎，果真如烈火烹油到樹倒猢猻散，為賈府命運之讖。三春的燈謎亦暗喻無常的結局。「因何鎮日亂紛紛，只為陰陽數不同」，迎春所製的算盤燈謎，伏其誤嫁一生的悲劇。「游絲一斷渾無力，莫向東風怨別離。」「莫道此生沉黑海，性中自有大光明。」自是暗伏探春遠嫁、惜春出家。

元春背負的賈府希望，如鏡花水月。她失去了一生的自由，換來的卻是虎兕相逢大夢歸。元春恩賜群芳遷入大觀園，也對她們寄予美好的希望。事與願違，迎春因中山狼誤終身，探春遠嫁分骨肉，惜春青燈古佛為伴。「三春去後諸芳盡，各自須尋各自門。」黛玉未嫁而亡，寶釵、湘雲也並未多得命運的垂憐。

　　名貴的「女兒棠」與芭蕉並植，寶玉曾擬題「紅香綠玉」，以「綠玉」守護「紅花」，卻在「省親」時被元春裁改，寶玉的詩也不得不以「綠蠟」代替「綠玉」。真是，遊園驚夢人不知，綠玉護花花難成。

第七章　無情也動人

脂粉英雄奈何天

紅樓二十四談

作者：	阿荼
編輯：	Margaret
設計：	4res
插畫：	何利萍
出版：	紅出版（青森文化）
	地址：香港灣仔道133號卓凌中心11樓
	出版計劃查詢電話：(852) 2540 7517
	電郵：editor@red-publish.com
	網址：http://www.red-publish.com
香港總經銷：	聯合新零售（香港）有限公司
台灣總經銷：	貿騰發賣股份有限公司
	地址：新北市中和區立德街136號6樓
	(886) 2-8227-5988
	http://www.namode.com
出版日期：	2022年12月
圖書分類：	中國文學
ISBN：	978-988-8822-34-8
定價：	港幣98元正／新台幣390元正